江湖，還有人嗎？

張友漁◎著
林一先◎插畫

【推薦序】小鞋匠大江湖

小說家 李柏青

武林大賽、英雄鐵柱、千里古道絕命彎、一夜功成貫通散、深山古獸……這怎麼看都是個格局恢宏的武俠小說，主角總得縱橫個五湖四海，單挑十大惡人、十大善人，最後登上武林至尊才是。

但《江湖，還有人嗎？》並不是這樣一個武俠故事，事實上，它是個小故事。主角很小，十三歲的粗小皮，身材瘦、個頭小，是個即將出師的補鞋小學徒。早上天沒亮就得起床，第一件事是幫師傅泡茶準備早餐，第二件事是掃地，不能只掃店裡，店鋪外的整條石子路也要掃。（新學徒問：為什麼不只掃店門口？）

粗小皮所在的地方也很小。牛頭村，百來人的小村落，落在二十一尖山連峰的第十三座山峰下，離前後的市鎮都得整整走上一天——因為山路崎嶇只能用走的，馬可跑不動。村子裡除了粗小皮的補鞋鋪，還有麥甜家的客棧、康亮家的包子店，有打鐵的老鐵、養鴨的老劉、捉賊的簡植大捕頭，還有村口的涼茶亭，以及亭前那根刻滿姓名的鐵柱……據說以前有兩根。

就這樣一個小小的牛頭村，小小的粗小皮，有天卻迎來了許多武林高手。他們來牛頭村幹什麼？只會補鞋的粗小皮又能在這場武林大會扮上什麼角色呢？

雖然說《江湖，還有人嗎？》的寫作對象是青少年，但我這個大叔讀起來也是趣味盎然。故事一方面掌握了傳統武俠小說的精神——千里尋寶，練功復仇；另一方面，就像我前面說的，這是一個小故事，就因爲「小」，所以貼近我們的生活經驗。讀張無忌、讀江小魚，你不會覺得那是你的故事，因爲你爸媽不是武當七俠或移花宮侍女，你長大的地方也不是化外之境的蝴蝶谷或惡人谷，但粗小皮的生活就充滿了親切感。他沒什麼了不起的背景，就是個小小的補鞋匠，像你我一樣，過著上學、放學、吃飯、睡覺的生活。便是這樣的粗小皮，才讓牛頭村武勁大賽的傳奇更加傳奇。我們會很想知道，到底十多年前發生了什麼事？一個捕頭眞能毀了一個江湖嗎？而那個傳說中的高手又是村子裡的誰呢？

村子很小，鞋匠很小，但就是這樣才顯得江湖好大、好深啊！

這故事還有一個讓我很感動的地方，就是對「補鞋」詳實而生動的描寫。粗小皮眞的是鞋匠，不是其他那種說自己是農夫但其實還是高手的角色，因此故事中有很多粗小皮補鞋的細節，例如他怎麼買鞋料，怎麼對待每雙送到眼前的鞋。每雙鞋在說一個故事，它們可能是皮的、是布的，也有草編成的，有新的、舊的，甚至是臭不可聞的；它們破了、裂了、穿了底；它們的主人可能是有錢大戶或是要養八個孩子的背伕。粗小皮總是非常細心專業地對待鞋與客人，不同的破損有不同的補法，不同的客人有不同的趕工期限，爲的就是讓每一個來往千里古道的行旅，能有雙好鞋走完這趟辛苦路程。

讀到後來我都覺得，哇，補鞋匠眞的很了不起，比那些所謂武林高手了不起多了！補鞋匠的江湖，也比武林高手的江湖大多了！

總而言之，這是一個扣人心弦又不失溫暖感動的武俠故事，非常適合發展成動畫，也令人期待更多粗小皮的冒險故事！

【推薦序】

這到底是誰的江湖？

台東大學榮譽教授　林文寶

在華人世界裡，有一種特別的類型小說，西方世界前所未見——那就是武俠小說。武俠小說絕對是能代表華人文化的藝術之一。武俠，顧名思義，指的就是「武術」與「俠義精神」。武術，就是中國功夫，在世界所有的武術裡頭，自成一個脈絡。中國功夫有許多門派，但是基本上都是建立在中國醫學上的基礎與想像。中國醫學有別於西方醫學，發現人體有穴道和經脈，經脈中還有氣的存在，講究陰陽協調，必須順服時序養生。把這些理論運用在武術中，就是中國功夫最基本的武術概念。另一方面，所謂的俠義精神，簡言之，就是行俠仗義的精神，有點類似西方的英雄打擊壞蛋的故事，這樣的故事讓人覺得痛快，而武俠小說就是結合這兩個元素所創作出來的冒險小說。

若武俠小說只是結合武術和俠義精神，還不至於令人瘋癲，它的迷人之處，是在於其中有著魔法般的想像與不可思議，這才是讓讀者神魂顛倒的主要因素。在科技還沒有發達之前，戰鬥不用槍械，肉搏是唯一的戰鬥技巧。就算現在科技猛進，各式的絢爛武器，也都比不上武俠小說中各式絕招的精彩。是想像與奇幻讓武俠小說蛇蛻成龍。例如：打通經脈穴道之後，就可以在屋簷上施行輕功，甚至將看不見的氣變成子彈殺敵；點擊穴道，竟然可以讓人無法活動成爲活雕像；還有湯藥或補湯，可以讓一個病入膏肓的人，轉眼活了過來。這些不可思議的奇幻情節，總是讓人魂牽夢縈。

不只如此，在故事背景的設定也充滿想像元素，武俠小說喜歡將背景設定在中國歷史的脈絡中，客棧、鏢局，衙門等空間設定，彷彿讓我們掉入如哈利波特的魔法世界，抽離現實回到當時的街道，感受到中國歷史不同時期的朝代之美。因此可說，武俠小說就是整個中華文化的精華與濃縮，在閱讀的過程當中，無時不刻感受到中華文化各個朝代的藝術精髓，無論是歷史、美學、文學、醫學、文化與工藝等。所以，武俠小說其實是專屬於華人的奇幻小說，擁有華人的文化基因，其中的瑰麗與美好，或許只有華人讀者能共鳴與獨享。

孩子閱讀武俠小說，讓他們感受到奇幻文學的浪漫與中華文化的美麗，這絕對是相當棒的一件事。不過，或許對許多孩子而言，可能還無法閱讀金庸、古龍如此龐大的作品。那麼，張友漁這本兒童武俠小說或許是個不錯的選擇。

張友漁初次嘗試爲孩子寫作武俠作品，她用心地將武俠小說基本的幾個套路都巧妙放入故事中，例如：拜師的經歷、身世之謎、意外得到高人指點、扣人心弦的武打畫面等，這些都是武俠小說常見的情節。雖然是爲孩子而寫，但是她沒有偷工減料，讓孩子也能輕鬆入門，感受武俠小說的魅力。作者也體貼顧忌閱讀對象是孩子，所以刻意節制血腥暴力，反而特別著墨布置友情與親情的部分，增加劇情張力，活潑情節與可看性。

以孩子爲故事中的主角，是絕大部分兒童武俠的特徵之一。孩子必須在成人的腥風血雨武林裡，找出自身的價値，並且廣結善緣，四海兄弟，才能突破困難，達到成長，這或許是所有兒童武俠小說的共同脈絡。故事中，粗小皮從一個原本的補鞋小徒弟，一夕之間變成得以掌握權力。他會被至高的權力薰心，讓本來純潔善良的心得到變化嗎？抑或是粗小皮的死黨康亮，一心一意想習武，總是一無所獲，更對自已每天只能做包子有怨言，但是得知粗小皮的祕密後，他們之間的友誼會產生裂縫嗎？其實，這都是典型的少年小說課題。

張友漁成功地把兒童小說會遭遇的成長議題，移植到武俠小說的範疇裡，使得讀者在閱讀過程中，不只是追求腥風血雨所帶來的血脈賁張，而是借屍還魂將之轉化爲少年粗小皮的成長之旅，格外令人讚賞。

張友漁是書寫少年小說的佼佼者，她能投入武俠小說的創作，著實是小讀者的幸運與福利。她成功將兒童小說的成長議題，結合武俠小說的奇幻元素，經營出屬於她自己的友漁式江湖。這江湖，我充滿期待！

【推薦序】選擇自己的江湖吧！

彰化縣原斗國小教師、閱讀推廣推手　林怡辰

江湖在哪？看過武俠小說的人，心裡都有自己的江湖。但我們的孩子看過武俠小說了嗎？

那些在被窩裡痴迷閱讀武俠小說的日子；那些爲了主角奇幻經歷瞠目結舌的廢寢忘食；那些心裡的公平正義，看見壞人終有惡報拍手叫好的痛快；那些發現人物不只黑或白，隱隱約約知道了什麼叫做滄桑的人生際遇。

但給孩子的武俠小說不多，在大量翻譯文學、現代場景的少年小說中，總覺得少了一些有華人底蘊、武俠輕功、江湖義氣的武俠小說。這些將自己投射到主角的幻想，從沒沒無聞到功力了得，伸張正義又有奇幻之旅，是青少年孩子苦悶心靈的慰藉。不去管現實的限制、夢想和現實的距離、需要探索卻看不見未來的現在、尚未找到定位的不上不下，就翻開武俠小說吧！跟著心流，在書中的武俠世界裡飛上飛下，奇思妙想，馳騁心智。

這本《江湖，還有人嗎？》就是適合孩子的武俠小說，故事角色個個立體鮮明，在

你我身邊隨時可以看見相似身影。主角粗小皮是十三歲的青少年，修鞋鋪師傅收養的孤兒，有著修鞋的好手藝。粗小皮的好朋友康亮醉心武藝，是包子店店東的兒子，他們倆都住在牛頭村。可這個牛頭村有個祕密，亭子裡的大鐵柱，十幾年前卻離奇不見，連帶江湖也跟著不見！

平穩的日子起了大波瀾，村子裡來了好多陌生人，客棧都住滿了，這些人有帶著大寬刀的廚師、斯文的書生、聲若響雷的說書先生等，還有好幾戶人家遭賊偷了東西，衙門卻束手無策，還有還有，衙門竟然失火了，到底誰在搞鬼？

粗小皮認眞修著他的鞋，無意像康亮一心想習得武功，卻沒想到他不想開啓江湖，卻莫名其妙地已在江湖，身不由己。牛頭村匯集了一千來勢洶洶的武林高手，挾著十多年前的恩恩怨怨，衙門、武林、江湖，一觸即發的衝突，加上奇異的紫嚕嚕獸……眾多元素一次到齊，將情節攀向巔峰！

但，張友漁老師的武俠和江湖，不只字面上這麼簡單，如同以前的作品，總有更深的含意和哲學；她在細微處刻畫人和人之間的感情，不直接說，卻含蓄且後座力強大，如：從一雙雙草鞋透出老粗師傅對粗小皮的擔心、粗小皮對麥甜的感情、老粗師傅對穿草鞋人的同理……粗小皮被當成青少年的投射對象，書中有在江湖無法自己決定的壓抑、對朋友善意被誤會的苦楚、感情的懵懂、責任的承擔，還有自己對修鞋的執著和愛好。閱讀中，孩子被同理、被抒發、被療癒。

最重要的是，粗小皮勇敢地知道：別人的江湖不是我的江湖，別人夢想的能力不是我的追求。他很清楚自己要的是什麼，也勇敢地說出做出，保持初心不被物役、不被眾人影響。

果然是友漁老師寫的江湖，一如她專事寫作、寫小說，就連每天只吃白米也堅持不變。「江湖」在友漁老師筆下猶如「人生」。我想，當孩子讀懂粗小皮的堅持和為什麼不願出頭，就會懂得：活在別人的人生裡不叫人生，真正活出自己的樣貌，才是自己江湖的所在。

這樣精彩的作品，邀請您和孩子一起品味，也請想想，哪裡又是您的江湖？

江湖，還有人嗎？

目錄

江湖人物介紹

主要人物

粗小皮

十三歲，個性老實，害羞，內斂，心地善良的少年，熱愛補鞋工作。他相當享受拿針線縫鞋子時的寧靜。對生活艱困的背伕特別好，總是偷偷用好材料縫補破鞋，卻收廉價材料的錢。

康亮

十三歲，個性開朗，愛說話，老是抱怨包子店毀了他的人生。他一心嚮往成爲一個行走江湖、到處仗義的俠客，卻無奈地困在自家包子店做包子、送包子。滿腦子想著要練功，想成爲武林高手。

麥甜

十四歲，個性單純天真，麥家客棧的女兒。她喜歡待在補鞋鋪，對編織稻草充滿興趣。和粗小皮與康亮一起長大，三人感情好。麥甜和康亮的爹從小一起長大，雙方約好孩子長大後要讓他們成親，但是康亮和麥甜彼此不來電。

老粗

五十三歲，姓粗名大壯，身材和名字正好相反，又黑又瘦。他是粗小皮如父親般的師傅。長年蓄著一個指節那麼長的鬍子，當他盤算著什麼的時候，就會開始搔著下巴的鬍子。

曹大芳

十五歲，個性喜怒哀樂形於色，說話直接。和母親一起在雷爾鎮經營曹家鞋鋪材料店，母女倆爲防堵不肖商家欺負她們女人家，於是練就一身功夫。

簡植

六十歲，牛頭村大捕頭兼村長，雙眼炯炯有神，表情嚴肅威武，身材高大結實。習武有成，堅持每一個進入衙門當差的捕快都得習武，並且要通過測試才能進入牛頭村衙門。

康熊

四十歲，康亮的父親，康家包子鋪老闆。肚子微凸，身形略胖，看起來就像一顆長了手腳的包子。

麥大江

四十歲，麥甜的父親，和康熊從小一起長大。高瘦身材，殷實的客棧經營者。

其他江湖人物

老鐵

六十歲，姓鐵名牛，身材也壯得像牛。嗓門很大。一張臉被火炭烤得紅通通。總是穿著草綠色無袖上衣，綁著草綠色頭巾。老粗每次都說老鐵才是眞正的老粗。

養鴨老劉

七十一歲，姓劉名千，是個物欲很低又孤僻的人，養著一群鴨和一群鵝，但數量只夠賣給牛頭村。閒時最愛坐在水池旁，一邊喝茶一邊看著來往的行人。

武傑

二十五歲，原本任職東大城中心衙門。爲人正直，處事講人情，心很軟。

雷響

四十歲，雷爾鎭人，性格強烈，對自己認定的事物有不可動搖的信念。是一名說書先生，來牛頭村前在雷爾鎭的一間茶館說書。

葛青

四十二歲，快劍俠，出劍之快，千里古道上無人能比。年輕時一心求勝，目中無人，揮劍絕不留情。

魯赫

三十八歲，身形高瘦，鉛錐俠。性格沉穩，年輕時追逐名利，經過幾番爭鬥後終於能將名字刻在武林鐵柱上，卻也因此失去了兩小截手指。

韋萬二

四十五歲，壯碩如牛，力大無比，有一把無敵的武器「半月屠龍刀」。第一次參加武勁大賽，在牛頭村大戰五回合後得勝，名字刻上了武林鐵柱。

第一章　牛頭村與千里古道

江湖，還有人嗎？

響亮的喊叫聲迴盪在二十一尖山群峰間，嚇飛了幾隻停歇在樹上的鳥。

兩個綁著頭巾的少年站在森林岩石區最高的那塊石頭上，其中身材較結實的是綁著灰色頭巾的少年，他把兩手圈在嘴邊，朝著遠方又喊了一聲：「江湖，還有人嗎？」

另一個身材較瘦弱的少年跳下石頭，背起地上裝滿柴火的籮筐，仰頭對站在石頭上的少年喊著：「走吧！康亮，該回家了。」

「粗小皮，咱們一起離開牛頭村去東大城見識見識，如何？」康亮說：「那裡肯定有江湖。」

「可我喜歡牛頭村，我喜歡陪著老粗師傅。」粗小皮一邊調整紅色頭巾一邊說著。

「江湖，沒人啦！來個人吧！」康亮又在石頭上鬼吼鬼叫。

一隻蚱蜢從草地上跳了一下，剛好跳到粗小皮腳邊，粗小皮看著蚱蜢覺得有趣。

「江湖有沒有人，要看是誰的江湖。這隻蚱蜢的江湖裡有青蛙、蒼蠅、蟋蟀和雞，蚱蜢的江湖可熱鬧了。」

康亮從石頭上跳下來，彎下腰看著蚱蜢說：「粗小皮，你說漏了，還有我們人哪！人也在蚱蜢的江湖裡。這蚱蜢吃咱們的玉米穀子，咱們就要送牠們上西天。咱們在蚱蜢的江湖裡，好過沒江湖，是吧！」

康亮伸手想抓住那蚱蜢，卻反被蚱蜢的鐮刀腿劃出一道血痕。

「哇！這隻蚱蜢出手還眞快，眞有點本事，是江湖高手哪！」康亮甩甩手將眼睛逼近蚱蜢，再度伸手作勢要抓牠。他這下可看清楚了，當自己的手接近蚱蜢時，牠迅速地抬起後腿掃向康亮的手，那枯草色的小腿上有一整排尖刺，方才他就是被那排尖刺給刺傷了手。這次康亮迅速將手縮回來。

「這就是你的武器是吧？看我的厲害。」康亮脫下他的鞋，準備反擊。當他高高舉起鞋子時，突然從石頭後方傳來一個男人的聲音說著：「你嗓門還眞是大呢，喊得連雷爾鎭都聽到了。」一個肚子微凸的中年男子從另一顆石頭後面走了出來。

康亮和粗小皮站直身子，看著這名陌生男子。他穿著一襲湛藍色長衫，長髮整齊地束成一個小圓球擱在頭頂，有著書生模樣。

「你剛剛爲什麼說江湖沒人了？」那男子看著康亮問。

「牛頭村的江湖消失了。」康亮一邊穿鞋一邊指著村子的方向說：「曾經有的，後來消失了，只剩下蚱蜢有江湖。」

「你說錯了，江湖從來就沒有消失，不然怎麼有人一天到晚把江湖掛嘴邊？」那男子說：「就像一個水缸，它永遠是水缸，只是裡面暫時沒有水了。江湖，永遠都在。」那男子仰頭看了看天，若有所思地說著：「不過，看來很快就要下雨了，水缸很快就會有水了。」

康亮和粗小皮幾乎同時仰頭看天，天藍得很哪！一朵雲都沒有，哪來的雨啊？

「請問先生打哪兒過來？要去哪兒呢？」粗小皮沒見過這人，一般經過牛頭村的商旅，趕路都來不及了，不會有這閒情走入森林賞景。

「別急，我們很快就會見面了。」那男子說完轉身朝森林裡走去，走了幾步忽然停下腳步，回過頭對兩個少年說：「你們剛剛說的，蚱蜢的江湖，嗯，很有意思。我喜歡，蚱蜢的江湖。哈哈，有意思。」

兩個少年看著那男子的背影消失在森林裡。

一隻鷹在十三尖山頭盤旋，所有會移動的東西都會吸引牠的目光，牠看了兩少年一眼，他們背著羅筐朝村子走去。鷹很快就轉移視線，他們不是牠的目標。鷹看著牛頭村，那形狀就像一隻大牛頭，在右邊的牛角根上有一個大水池，池上有一群鴨子，鷹在空中盤旋，尋找機會。牠曾經幾乎要得手了，俯衝下去，逮到一隻鴨子正要起飛，卻被坐在一旁的老人扔出來的東西擊中翅膀，只好放下鴨子。此刻，那老人就坐在水池旁，今天不是個好日子。

養鴨老劉坐在水池旁的涼椅上，悠哉悠哉地喝著茶，看山，看路過的人。看著那些來來往往的人，老劉覺得有趣。

牛頭村的位置就在十三尖山的山腳下。

一條千里古道將塔伊鎮、牛頭村和雷爾鎮串連起來，形成一條商道，許多人仰賴這條古道為生，做些小生意小買賣，代買日用雜貨，跑腿送信，一年走上幾十回。

二十一尖山連峰，綿延的山凸起二十一個尖峰，一路從塔伊鎮延伸到牛頭村和雷爾鎮，最後一座山峰就矗立在雷爾鎮郊外的明鏡湖邊。湖的那頭是招搖山，搭船渡湖，上了岸繞過招搖山再穿越一片森林，就到熱鬧的東大城了。東大城往東走三天就到大京城，那可是皇帝住的地方。

現在是誰在當皇帝？

誰知道？牛頭村是天皇老子也管不著的一個小山城。

不管誰在當皇帝，生活不也是這樣過嗎？

如果你從雷爾鎮那頭往塔伊鎮的方向走，經過牛頭村、塔伊鎮，再往前走個半天，就可以到西大城，那也是個大城市，只比東大城略小一些。

牛頭村安安靜靜地倚著山、傍著拉庫拉庫溪，經過了幾個朝代，沒多大發展也沒多少衰敗，不管你打塔伊鎮或雷爾鎮來，都得經過牛頭村，而且你只能靠著雙腳步行。拉匹騾子或驢子馱物運貨還行，若想在古道上騎匹馬，那肯定把頭給磕破了。

這古道是硬從岩石壁上鑿開的，一邊是山壁，另一邊就是陡直的懸崖，懸崖底部就是湍急的拉庫拉庫溪，溪流一路奔騰，最後流進了雷爾鎮的明鏡湖。古道上到處是低矮的怪石，有些岩石堅硬得鑿不開，只好避開了，大家就低頭彎腰走過。山壁上方的樹爲了爭取空間，將樹枝伸到古道上來，整條古道頂部這兒高，那兒矮，那兒又是天然石壁高聳向天，不遠處又橫過一根樹枝；這裡空曠得抬頭就看見一片藍天，陽光大剌剌曬進來，而那裡就陰暗潮溼，不見天日。

當時人們只想鑿開一條路，直接通往塔伊鎮或雷爾鎮，就這麼一鑿一鑿地鑿出一條古道。走在古道上的旅人走得腿都痠了，總是要抱怨兩句，怎不鑿寬點兒呢？如果能跑上一匹馬那該有多快呀！但是，鑿山的力氣幾百年前就用盡了，現在沒有人有那閒工夫去鑿山了，大家都忙著呢！

就這麼的，一條古道千年不變。

牛頭村，輪廓就像一隻大牛頭，兩隻彎彎的牛角朝著尖山連峰彎過去，村子的房舍密集地分布在牛的臉上。牛下巴再過去是一個大陡坡，坡下是一個垂直的大斷崖，谷底就是拉庫拉庫溪。

比起塔伊鎮和雷爾鎮，牛頭村更有自己的個性。它是村，發展不了鎮，因爲地方小，想發展也沒多餘土地可蓋房。村裡的客棧就有二十間，是塔伊鎮和雷爾鎮加起來的總和。一個小村哪需要那麼多客棧？但牛頭村就需要那麼多。因爲路程遠的關係，往來塔伊鎮或雷爾鎮的客商非得在牛頭村住一宿。從塔伊鎮到牛頭村得走上一天，天亮就起程，太陽下山就到牛頭村了；第二天再走一天到雷爾鎮，再搭船到東大城。

什麼大生意必須這麼辛苦走上兩天？

有路有村子有人就有生意。背伕，專門爲這兩個鎮一個村的民生需要跑腿，誰下訂單就幫誰買東西，一年到頭這麼走呀走的，一家老小就這麼養活了。還有賣藥的、賣麵粉的、賣各種材料的，都靠這條古道營生。日子久了，人們也不當自己是過客，牛頭村到處是朋友，住一宿，吃頓飯，喝盅酒，聊個天，次數多了就是朋友了。

牛頭村除了客棧業發達，還有一種行業也熱鬧，就是補鞋。從塔伊鎮走一天古道才到牛頭村，還得再走一天才能離開古道完成這趟行程，這樣的奔波，誰不踩壞幾雙鞋？

牛頭村有三間補鞋店。「巧手藝補鞋鋪」和「耐磨耐穿補鞋鋪」，這兩間就位在兩隻牛眼上，正好是村子出入口的顯眼位置。但是這兩家鞋鋪的名號卻不及另一間「老粗補鞋鋪」來得響亮。老粗補鞋鋪位在牛下巴那兒，那兒有一條「懸崖頂街」，這街走到底就是懸崖了。

懸崖頂街上有一間鞋鋪、兩間客棧、一間包子鋪、一間剃髮店。

懸崖頂街不在主要街道上，鞋鋪生意能好嗎？

它的生意還特別好！因爲老粗是頂尖的補鞋老手。另外兩家修鞋鋪的老闆都曾經是老粗的學徒，大徒弟田貴開了間「巧手藝補鞋鋪」，二徒弟艾吉的鞋店取名「耐磨耐穿補鞋鋪」，基於對老粗師傅的敬重，田貴和艾吉從不搶客，有時還客氣地相互禮讓。當田貴與艾吉還是學徒的時候，老粗師傅不僅教他們手藝，還教他們做人。

老粗師傅老掛在嘴上的一句話是：「你要賺人家錢，就要給人縫上一雙好鞋；你要心裡寧靜，就不要貪得無厭；你要晚上睡得著覺，就不要老說人家壞話。」

老粗師傅，姓粗名大壯，身材和名字正好相反，長得又黑又瘦，長年蓄著一個指節那般長的鬍子。老粗頭上的髮早已掉光，牛頭村的男子沒人在乎頭是不是禿了，因為一年四季都綁著頭巾、戴著毛帽，頭巾好不好看、有沒有個人風格，才是他們在意的事。在頭上綁頭巾是牛頭村不知流傳幾代的傳統，不管老少，男人都蓄著短髮或把頭髮剃光，然後綁上頭巾，冬天下雪了就戴頂毛帽取代頭巾。頭巾是牛頭村人極為特別的飾物，不管你人在天涯還是海角，頭巾讓人一眼就知道你是牛頭村人。

那麼牛頭村的女人又怎麼識別呢？女人的腰間繫了條小方巾，那作用和男人的頭巾沒什麼差別，也有些女人會用小方巾綁頭髮。

「你們這村也太奇怪了，頭髮好端端地在那兒長著，幹嘛要把它剃光呢？」

「我們就是看頭髮不順眼。頭髮礙事。」牛頭村的男人都這麼回答。

「哪裡礙事了？那頭髮安安分分地在那兒長著，礙什麼事啊？」

「頭髮長了，流汗了，會臭的。長長了，要洗要剪的，眞是麻煩。頭髮長了，睡覺就更煩了，扯著頭皮讓人翻不了身。剃光，一個爽快。」牛頭村的男人都這麼回答。

老粗師傅摘下黑色頭巾，抓了幾下發癢的頭皮，舒服了，才將頭巾重新戴上。

補鞋的工作完全交給粗小皮之後，平常老粗就喜歡坐在門口，抽著菸斗晃著腿，品評每個進出麥家客棧的人的鞋子和走路姿態。老粗補鞋鋪的正對面就是麥家客棧。對面地勢高，得走上十級石階才能看見客棧大廳。

「這人走路的姿勢還眞是天生自然。你瞧那人走路，兩個大腳板不朝前方，偏偏朝身體兩側走，像隻大鴨子。人走路的模樣，從小時候剛學走路時就注定了，他學會站之後接著就得練習走，誰也沒法子教那麼小的孩子走路。有人就走得優雅瀟灑、玉樹臨風，有人就走得內八外八、醜模醜樣的。唉呀，誰也不能怪呀！注定的呀！」

「大部分的姑娘就走得好看哪！沒見過誰家的姑娘會像鴨子那樣走路。」粗小皮說。

當姑娘就可憐了，被娘逼著重新學走路呀！

老粗看著坐在工作檯前專心補鞋的粗小皮，他手上正在縫補的那雙鞋，鞋底已經磨穿個大洞，鞋尖縫線也爆了開來。那人來的時候，鞋尖用藤蔓綑綁著，小心翼翼地放下肩上的擔子，脫下鞋子，一臉歉意地將鞋交給粗小皮：「小師傅，這鞋就麻煩你了。」

粗小皮微笑著接過鞋：「陳師傅，明早取可以嗎？」等待修補的鞋子多的時候，補鞋師傅就會熬夜趕工，讓他們在隔天起程的時候可以拿到鞋。

「小師傅，我就坐在這兒等著，你慢慢補。這鞋壞得厲害，還能補嗎？」

「能，能補。」粗小皮邊說邊站起身，倒了杯水給陳師傅後，立即回到工作檯。補鞋的速度得加快才行。

有錢誰不想買新鞋呢，走起來多舒服。這路遠得很呢，不管往東還是往西走，都得走上一天。有雙好鞋，一路上都是好風景，工作兼賞景，走起來就愜意萬分。有人鞋爛成一塊破布了也捨不得扔，就是沒錢哪。這條古道多的是幫忙採買的背伕，賺些走路費，一家吃飽剛好，買鞋是額外的花費，忍著點吧！補一補也許還能穿上大半年呢。

粗小皮穿著一件牛皮圍裙，下襬蓋住了整個大腿，面前有一張厚實的原木桌子，他都在這張桌子上裁切牛皮；右邊有個架子，掛著一張圓形牛皮掛袋，上頭縫著大大小小的口袋，插著各種補鞋工具：錐子、刷子、槌子、牛皮裁刀、剪刀；右後方有個櫃子，擺放著各種皮革：小牛皮、羊皮。

粗小皮喜歡坐在這裡工作，這裡以前是老粗師傅的位子，他的位子在另一個角落，那角落堆放了許多稻草和藺草。他最先學會的不是補鞋，而是打草鞋。現在打草鞋的工作又回到老粗師傅手上，因爲就算眼花了還是能打草鞋，老粗師傅曾說，他閉著眼睛都能打。老粗一年到頭都穿著自己打的草鞋，他說最舒服的鞋就是要讓腳趾頭能透氣，草鞋便宜，穿臭了立馬換掉。

老粗晃著蹺在左腿上的右腿，悠哉地喝著茶。老粗眼花了，補完一雙鞋就頭昏腦脹，鞋鋪交給粗小皮已經一年了。他樂得整天晃悠，要不就找打鐵鋪的老鐵喝茶聊天，興致來了還學著打鐵練練臂力，打鐵不需要好眼力。不過，當牆上掛著的草鞋低於十雙，老粗就會立即動手打雙草鞋掛回去。也就是說，賣出幾雙，老粗就會再打幾雙。他喜歡牆上掛滿十雙。那整齊，讓他舒服。

粗小皮，十三歲了，個子瘦小，但人機靈，動作敏捷勤快。十三年前春天的某個清晨，老粗的小學徒艾吉打開鞋鋪大門，門口擺著一個竹編籮筐，籮筐裡有個花布包，花布包裡裹著一個小娃兒，有著一張小粉臉。小娃兒安靜地揮動著小手，一副愉快的樣子。當年十六歲的艾吉看著那娃兒愣了好些時候，才轉身衝進老粗師傅的睡房叫嚷著：「有個娃兒、有個娃兒……要補鞋……喔，不是，是有個娃兒在門口躺著……」

老粗師傅和艾吉站在門口，低頭看著不哭不鬧的娃兒。老粗抬起頭朝四周瞧了一回，肯定有人正躲在暗處瞧著孩子是否被領走了，但是四周還黑著呢。

「把娃兒扔在大門口，擺明了要我們養嘛！我們就養吧！養大了當學徒。」老粗抱起了娃兒進屋。

老粗用竹子做了一張小床，安了四個小滾輪，一邊補鞋一邊用腳推著竹床哄著粗小皮。粗小皮長大後，那竹床就擱在老粗的臥房裡。

當時，隔壁康家包子鋪康亮他娘剛生下康亮沒多久，就讓粗小皮和康亮一起喝奶。幾天後，老粗讓人從雷爾鎮牽了頭母羊回來，由艾吉負責擠奶。這羊奶喝著喝著，粗小皮就長大了。

老粗不讓粗小皮叫他爹，而是叫師傅，他知道有一天他的爹娘會出現在門口要孩子認親。不讓孩子叫爹，是擔心那一天到來時，他可以把這孩子當成學徒學成出師離開家門闖天下去了，那樣一來，他的心才不會痛。

粗小皮是老粗師傅心裡最滿意的一個徒弟，這孩子眞正熱愛補鞋，做事從不偷懶，啥事都願意做，連隔壁康家包子鋪人手不足，他都會跳上前幫著扛幾袋麵粉。田貴和艾吉學了三年九個月，學成後很快就自立門戶了。粗小皮七歲就學會拿針線縫補布鞋，現在都十三歲了，論技術早就該出師，學徒的歲月總有個盡頭啊！不能因爲是自己養大的孩子，就攔著不讓人去闖天下呀！是該讓他獨當一面了。

這天，老粗醒來，坐在床沿好一會兒，起身走了幾步，又坐回床沿，仰起下巴，抓了抓下巴的鬍子，最後嘆口氣，起身走出房間踱步到店鋪。

天還沒亮，鞋鋪的油燈已經點亮了，粗小皮坐在工作檯前補鞋。圓桌上擺著沏好的茶，饅頭也蒸好了，一小碟酸菜炒辣醬散發著嗆人的香氣。

老粗端起桌上的茶喝了一口，一邊漱口一邊走到門口，朝著門前石子路吐出茶水，接著仰頭看著透出淡白晨光的天空一會兒，才又走回圓桌旁坐下，蹺起二郎腿，晃著右小腿，開始吃饅頭配酸菜炒辣醬。

吃完早餐，喝完了茶，老粗磨起墨來，在紙上寫了些什麼。

「小皮，你明天到雷爾鎮一趟，去鞋子材料店買點貨。」老粗師傅來到粗小皮工作檯前，邊說邊遞出一張採買單。粗小皮剛把一雙破爛布鞋補好，正縫補一雙功夫鞋。鞋的主人是一名武術師，這幾天受衙門簡植大捕頭[1]邀請，教牛頭村民簡易的武術健身。

「啊！」聽到老粗師傅的話，粗小皮驚訝地抬起頭來，緩緩接過採買單，不可置信地問著：「去雷爾鎮？眞的嗎？去雷爾鎮？」粗小皮難掩內心的激動，他想站起來狂跳兩下，但是在師傅面前，他壓抑著，只是淺淺地笑著。

「對，去雷爾鎮，去『歇一歇客棧』住兩個晚上，拜訪幾家材料行，看看有沒有新的東西。」老粗師傅說完便走出鞋鋪，大概是找老鐵喝茶去了。

粗小皮將頭探出去，確定老粗師傅走遠了，這才握拳狂跳幾下，內心激動不已。店裡所需要的材料大都是向雷爾鎮的材料店買的，因爲路途遙遠，通常是將採買單交給背伕，背伕到店裡採買後，一起背回來。這次老粗師傅將採買責任交給他，看來是要讓他獨立了。粗小皮這輩子從來沒離開過牛頭村哪！這下可以去看世界有多大了。

粗小皮走到隔壁的包子店，康亮正在揉麵團。

「康亮，我明天要去雷爾鎮。」粗小皮興奮地說著。

「你要去雷爾鎮？」康亮停止揉麵的動作，瞪大了眼睛問：「老粗師傅要讓你去採

---

1 大捕頭：相當於現在的警察局局長。「捕快」是古代衙門中緝拿人犯的差役，相當於現代的警察；捕頭就是捕快們的長官。

買了嗎？」

康亮的父親康熊也笑得開懷，他看著粗小皮說：「哈，你出頭天了，你大師兄田貴和二師兄艾吉成為正式領薪的師傅前，也被派去雷爾鎮採買。老粗想讓你們去看看那些材料店，要知道現在店裡有哪些新的東西。」

康熊綁著一條暗紫色頭巾，肚子微凸，臉色圓潤，看起來就像一顆長了手腳的包子。他眞心為粗小皮感到高興，當師傅了，長大了，可以獨當一面了。

「爹爹，爹爹，你知道粗小皮身子那麼單薄，那古道有一千里那麼遠，我得拉根線綁在小皮身上，萬一他被風吹走了，還有我拉著線呢！沒人陪著眞叫人不放心哪！」康亮走到父親康熊面前一臉期盼地說著。

「是啊，大叔，我沒去過雷爾鎮，一個人去，會害怕哪！」粗小皮裝出膽怯的樣子說著。

「那也是，就讓康亮陪你去一趟吧！讓他也去長長見識，順便去看看別人家的包子。」康熊爽快地答應了。

康亮和粗小皮樂得彷彿挖到黃金一般，笑得合不攏嘴。

「我得去工作了，把鞋子補完，晚上早點睡，明天要走好遠的路呢！」粗小皮回到鞋鋪，帶著微笑縫補著剩下的兩雙鞋。

第二章　江湖險惡

清晨，尖山群峰還籠罩在晨霧裡，十三尖山是二十一尖山群峰裡最高的一座，當所有的山都藏在霧裡，就只有十三尖山的山峰露出個三角尖錐。天氣好的時候，有時會有一朵雲停留在尖錐山峰上頭，看起來就像十三尖山戴了頂帽子，這時候牛頭村民會停下手邊的工作欣賞那朵小帽子，直到雲朵飄走。

淡淡的曙光才剛剛照出尖山群峰剪影，粗小皮和康亮就出發了，他們甚至無法坐在桌前把早餐吃完，而是拿著兩個包子一邊啃著一邊上路。

兩人經過牛頭村衙門廣場，簡植大捕頭正帶領一群晨起的村民練武健身。康亮還停下來站在人群後面跟著比劃兩下。

簡植大捕頭已六十歲，雙眼依然炯炯有神，表情嚴肅威武，身材高大結實。他堅持每一個進入衙門當差的捕快都得習武，通過測試才能進入牛頭村衙門，就算此時牛頭村紛爭少了許多，他還是堅持捕快們得天天保持最佳狀態，才能應付任何緊急狀況。

整條千里古道在地勢開闊的地方一共蓋了十一座木造小涼亭，讓行旅的人可以歇腿躲雨。粗小皮和康亮走上千里古道，經過第一個涼亭。涼亭裡坐著一個白髮蒼蒼、鬍鬚也一片銀白的老頭，他盤腿坐在石凳上，氣定神閒地看著遠方。

兩人匆匆經過涼亭。

「那人肯定是江湖中人。」康亮神情詭異地小聲說著。

「你又來了，那人怎麼看就是個老爺爺。早就沒有江湖了，哪來江湖中人？」粗小皮說。

「好寂寞啊！江湖上已經沒有人了。」康亮哀嘆著。

「你改名叫江湖，就又有江湖了。」粗小皮笑著說。

一道細長的瀑布從崖壁頂端傾瀉而下，降下的溪水打在古道上，兩人貼著崖壁快速通過。

「我每天做包子，你每天補鞋，麥甜每天端盤子招呼客人，這日子過得多無趣。」

「生活不就是這樣？難不成你想腰間佩把刀子，每天在街上走來走去行俠仗義？牛頭村幾年也見不到幾個小偷和搶匪，你怎麼行俠仗義？俠客也要賺銀子吃飯哪！」

「瞧你說的，好像大家只要吃飽就行了，好像養鴨老劉有一塊水池養幾隻鵝、幾隻鴨子人生就圓滿了似的，怎麼這麼沒出息！」

「老劉每天剁菜餵鴨子，閒時就搬張舒服的椅子坐在家門口，悠哉地喝茶看雲，一顆心悠哉了、舒服了，那就是好日子呀！」

「那是普通人的好日子，我不要那樣的日子。」康亮看著粗小皮：「你每天補破鞋，連看人看山看雲的時間都沒有呢！這又是什麼生活呀？」

「我看人看鞋呀！什麼人穿什麼鞋，人怎麼走路，鞋子怎麼壞。」粗小皮笑著說：「我還有老粗師傅，還有康亮和麥甜啊！每天看著你們，我就開心。」

「我不一樣，我要站在江湖尖上，讓所有人都認識我。」

「老粗師傅有酸菜炒辣醬，人生就滿足了。」

這時迎面走來三個中年男子，其中一個背上背著一把劍，留著一頭及肩的亂髮，幾天沒刮的鬍子，讓他看起來頗顯憔悴。另一人身材較胖，頭髮比背劍男子略短，也亂，背上的行囊鼓鼓的。另一個人身材結實一身輕便，頭髮整齊地束在腦後，只背著一個小布包，腰間繫了一條寬腰帶，兩條腰帶沉沉地垂在腰間。康亮見到那個背劍的人，眼睛立即閃亮起來。

「才說呢，江湖就來了。」康亮小聲地說。

粗小皮一眼就看見那個胖子腳上穿的鞋子前端裂了個小縫，那裂縫撐到牛頭村沒問題，但他還是忍不住問了：「這位大叔，你的鞋子裂開了，需要我幫你縫一下嗎？」

那胖子很驚訝地看看自己的鞋：「還眞裂開了！應該可以撐到牛頭村吧！」

「大叔，你運氣眞好，你遇見的剛好是我們牛頭村鼎鼎大名的補鞋師傅粗小皮。」康亮很得意地介紹著。

「但是，我腳臭啊！」胖子想補鞋，卻又猶豫著。

「唉喲，補個鞋也要想老半天，等你決定好，天都要黑了。」背劍的男子不耐煩地催促著。

「那好吧！小兄弟，你就幫我補一補吧！免得路上爆開了，我的腳要受罪了。」那胖子找了路邊一顆石頭坐下，脫下鞋子遞給粗小皮。粗小皮從布包裡拿出工具，蹲下身就縫了起來。裂縫不大，很快就補好了。

「小師傅好手藝啊！」那胖子穿上鞋後，從兜裡拿出一枚銅錢。

粗小皮揮著手說：「不用錢，交個朋友。」

「小兄弟好義氣。好，就交個朋友。我叫韋萬二。」韋萬二朝著粗小皮和康亮握拳打揖。

背劍的那人也說話了：「小兄弟，你們是牛頭村人，我們正好要去牛頭村，在那兒一定還能碰面的。我叫葛青，這位是魯赫。到時候要請你們多多關照了。」

粗小皮注意到那個叫魯赫的男子，左手小指和無名指都斷了一個指節。

「沒問題，肚子餓了，到康家包子鋪吃包子。」康亮爽朗地說著。

一陣寒暄之後，各自趕路。

「他們看來不像做生意的，去咱們牛頭村做什麼呢？」康亮小聲地問。

「咱們這一條古道名氣響噹噹，大概只是慕名來走一趟吧！」粗小皮說。

「來走古道還背劍？肯定是江湖人。」康亮說。

「防身哪！」粗小皮說：「以前古道上的盜匪多呀！」

兩人走了大半天，一路上只有前往雷爾鎮的人。到了禮讓彎，從雷爾鎮出發前往牛頭村的人就多了。這個時間剛好是來往旅人交會的時候。

禮讓彎是一個硬從一塊伸向峽谷的大岩石鑿出來的半圓形彎道，路面狹窄，只夠一個人通行。來到此處，古道兩頭的路人得走到彎道中間才會看見對面有沒有人走來，如果有，其中一個就得面向岩石將身體緊緊貼著石壁，禮讓另一個人先走，或者轉身走回去，讓對方通過了再走。

誰應該貼著岩石壁禮讓呢？

行之有年的規矩就是年紀輕的禮讓年紀大的，男人禮讓姑娘。那麼兩個年紀相當的人，誰讓誰呢？誰凶誰不讓，誰有禮誰讓。還有還有，有人在另一頭喊著：「有驢！」這時，誰都得讓，三歲小孩都知道，別和驢子爭道。

當初鑿路的人怎麼就不把路鑿寬一點兒呢？一邊是懸崖，一邊是堅硬的岩石，老天爺的巧安排，讓行旅的人在這兒學會禮讓。

粗小皮和康亮來到禮讓彎最靠近懸崖的地方，立即轉身往回走，讓路給一個背伕，他背上的貨把他的背脊都壓彎了。

過了禮讓彎，就剩下一半路程。

兩人愈走愈慢，他們累了。

「從來沒走過這麼遠的路，還眞累哪！我的腳疼死了。」康亮抱怨著。

「我在你的鞋底加了幾層軟墊，走起來應該很舒服才對。」粗小皮說。

「再好的鞋走上一天腿也會斷的，是人的腳在走哪！」康亮說：「如果我學會輕功，就可以一蹬腳飛幾公里，兩個時辰就飛到雷爾鎭了。」

「說書先生眞是太會說故事了，不管說什麼你都相信是眞的。」

康亮不服氣了，他擋住了粗小皮的去路，問著：「那你說說看，說書先生有哪件事說錯了？」

「他說武勁大賽的前幾年，有一個參賽高手叫什麼飛的，他一蹬腳就飛了三個時辰的路程，一下子就抵達咱們牛頭村涼茶亭，後來技不如人敗下陣來。這件事就是假的，沒人可以這樣飛。你說一蹬腳飛上屋頂或樹梢這沒問題，練久了就會，但是鳥才可以飛，人就沒那本事。」

「我就相信人間有這等高手，也許他就長了翅膀。」

「唉，你就信你信的吧！總之我就不信。」粗小皮推開康亮繼續往前走。「還有那個什麼高手，被飛踢墜落懸崖途中還可以立即翻身用內力衝回古道，沒任何著力點他可以這樣做？這是章回小說裡的情節。」

康亮快步追上：「內力深不可測啊！粗小皮，有一天你會明白的。當我變成那樣的高手時，我會爲你表演一次。」

兩人拐過一個彎道，景象豁然開闊起來，一座熱鬧的城市就在眼前展開。

粗小皮指著前方說：「雷爾鎮到了。」

雷爾鎮眞是個熱鬧的鎮，到處是飛奔的馬車，揚起了漫天塵埃。

粗小皮看得目瞪口呆：「眞的是馬耶！這也太多了。」

「我們得好好逛逛這熱鬧的鎮。」康亮閃亮著好奇的眼，嘴角始終上揚著，這雷爾鎮實在太驚人了。

「我們得先找到歇一歇客棧，繞過客棧後，沿著河道邊走，就可以看見鞋鋪材料街了。」粗小皮說：「老粗師傅是這麼說的。」

請問歇一歇客棧怎麼走呢？粗小皮和康亮接連問了兩個人，都說不知道。

有個瘦高的中年男子朝他們走來，熱心地說著：「我知道歇一歇客棧，那條街我熟得很，你們第一次來雷爾鎮是吧！我帶你們去吧！」

康亮和粗小皮非常高興且感激地跟著那人走，他們覺得雷爾鎮的人眞熱情。

他們走過這條街那條街，這小巷那小巷，最後來到一處死巷子。

康亮和粗小皮一臉困惑，嘴裡叨唸著，這是哪兒呀，沒路了呀！他們一轉身，臉上就各挨了一記結結實實痛死人的拳頭。兩人還沒從臉頰的劇痛中清醒過來，就見那人從兜裡拿出一把短刀，朝兩人一邊揮舞一邊口氣凶狠地說：「想活命就把包袱留下。」

粗小皮和康亮立即意識到自己遇到搶匪了！

他們沒有遲疑太久就把布包扔到那人腳邊。

「別全拿走，留一點給我們吃飯吧！」康亮央求著。

那人伸出右腳把兩個布包勾到自己腳邊，凶惡地吼著：「把衣服脫了。快點。」

「大爺，你把我們的包拿走便是，請不要搶了我們的衣服。」粗小皮膽怯地說著。

「叫你們脫就給我脫！」搶匪噴著口水吼著。

兩人很無奈地脫光衣服，羞得背過身去。

那搶匪撿起地上兩個布包，轉身就跑出巷子。

兩人趕緊撿起地上的衣服穿上。

康亮和粗小皮又累又餓又渴又感覺羞辱地坐在地上，不知如何是好。

「原來江湖險惡，就是這樣啊！」康亮說。

「我把買貨的錢都弄丟了，這下怎麼辦才好？師傅一定會認爲我是個辦事不牢的人。」粗小皮懊惱地拍了兩下腦袋：「我怎麼就沒想到那人是個壞蛋呢！」

「誰知道壞蛋長什麼模樣呢！」康亮說：「晚上我們睡這巷子算了。」

粗小皮站了起來，拍乾淨身上的衣服：「走吧！我們去找材料鋪的老闆，他和師傅熟識，先跟他借點錢，等我成爲師傅領了錢之後再還他。」

「被扒光衣服這段，就不要說了。」康亮說。

「當然，絕對不說。」粗小皮說：「這賊沒搶走我們的衣服，眞是不幸中的大幸啊！不然我們只能鑽到橋底下躲起來了。」

「哼，那惡賊才不要我們的破衣裳。」康亮忿忿地說：「別因爲這樣就認爲他是好人，再讓我遇見他，我就扒了他的衣服，然後扔進河裡。」

粗小皮和康亮勉強打起精神，又問了幾個路人，才終於找到鞋子材料街上的曹家鞋子材料鋪。這時，天已經完全黑了，兩人腫著臉，一身狼狽地走進店裡。

店裡角落的圓桌旁坐著一位大嬸和一位小姑娘，正就著一盞油燈吃晚飯。

「你好，我們是從牛頭村老粗補鞋鋪來的。」粗小皮客氣地說著。

吃飯的兩個人轉頭看著粗小皮和康亮。

「哪來的？」大嬸沒聽清楚，放下碗筷又問了一次。

「牛頭村，老粗補鞋鋪，老粗師傅差我們來的。」粗小皮說。

那大嬸驚訝地看著他們，見這兩個少年兩手空空，滿臉疲憊，一邊臉腫得像塞了顆包子。她立即起身迎上前去，關心地問著：「唉喲，你們被打劫了？」

兩少年的眼眶立馬紅了起來，委屈得想抱住誰大哭一頓。

「唉喲，眞是，這可惡的鎮就是無恥的流氓多。」大嬸立刻把他們拉進店裡在桌邊坐下。小姑娘起身給他們倒了兩杯茶水，粗小皮和康亮端起杯子咕嚕咕嚕喝完。小姑娘又給他們加了水之後，轉身走進廚房拿了兩副碗筷出來，接著又轉身進去端了一臉盆水出來：「兩位小哥先洗把臉，會舒服一點。」

粗小皮和康亮輪著洗了把臉，順便把頭巾也拿下來，把頭也洗了一遍。

「老粗是我們的老朋友了，他的徒弟就是我們的徒弟，在這兒吃飯。」大嬸豪邁熱情地說著：「這是我家姑娘，曹大芳。我是這家店的老闆。原來的老闆是我家男人，在禮讓彎讓搶匪給推下山去了。」

「噢！」粗小皮和康亮同時唉叫了一聲，他們只是被搶走了包袱、挨了一記重拳和被扒光衣服，這曹老闆可一下就沒了性命哪！

「算了，好多年前的事了。你們可以叫我曹老闆。」曹老闆招呼著：「吃飯吃飯，餓了吧！」

「還眞餓了。」康亮端起碗扒了兩口飯。

粗小皮看著曹老闆和大芳姑娘，覺得這對母女長得眞像。曹老闆身材纖瘦，將長髮捲起來盤在頭上，插上一根綠色的髮簪，看起來一副爽快又俐落的模樣。大芳姑娘和曹老闆一樣有張鵝蛋臉，皮膚紅潤細緻，她用一條淡粉紅色的方巾將長髮收攏起來，總是有兩小撮頭髮垂落在兩頰，時不時地將頭髮撥到耳後。

大芳姑娘坐在一旁，一會兒幫他們盛湯，一會兒又幫他們挾菜，讓粗小皮和康亮打從心底暖了起來。康亮看著眼前這姑娘，胸口湧現一股幸福感，他覺得大芳姑娘眞是他見過最溫柔的姑娘。

吃飽飯，大芳姑娘還給他們泡了茶。她很有興致地拿出一塊長方形、看似紫色又像紅色又有些黑斑點的東西，對著粗小皮說：「你一定得知道這是什麼東西。」

粗小皮努力將疲憊的雙眼撐大，露出感興趣的樣子：「這是什麼東西？」

「這是紫嚕嚕獸的獸皮。」大芳姑娘一邊撥頭髮一邊說。

「什麼什麼魯魯？」康亮也聽不明白。

「是紫色的紫，紫嚕嚕是一種野獸，出沒在二十一尖山，曾經有人逮到一隻，這是牠的皮。我告訴你喔，這是目前坊間最好的鞋底材料，聽說有人買了一雙這獸皮做的鞋，穿了五年，只磨掉一點點表層，穿一百年都沒問題。」

聽到世界上最好的鞋底材料，粗小皮瞬間清醒過來。他接過獸皮東摸西摸，還拿到鼻尖聞了幾下，的確有一股獸的腥臭味。

「這獸的皮這麼厚，刀劍肯定傷不了牠，那麼，這獸怎麼死的？」粗小皮問。

「刀劍無情啊，這獸的皮再怎麼硬，牠的身體總有脆弱的地方。」大芳姑娘繼續說著：「這東西不是你想要就有的，我求了很久才分到兩塊，可以做一雙鞋。」

「這獸的皮這麼厚，肯定得用釘子打上。」粗小皮喃喃自語著。

「得泡藥水，敲打，再泡水，再敲打，幾次之後這皮就軟了。」大芳姑娘說。

「這獸多大隻呀？」粗小皮相當好奇。

「聽說比一頭牛還大。」大芳姑娘說：「見過這獸的人不多，和我接洽的賣家也沒見過。」

「聽說的怎麼能相信呢？」康亮在旁插嘴說道。

「你別這麼說喲，我就是信了。」大芳姑娘說。

「我們補鞋的，不需要用到這麼貴的材料，我們的顧客負擔不起。」粗小皮將紫嚕嚕獸皮還給大芳姑娘。

粗小皮和康亮互換了一個眼神後，站起身，康亮對著曹老闆打躬作揖說著：「夜了，我們打擾太久，得告辭了。謝謝兩位熱情招待，改日一定雙倍回報。」

粗小皮還沒來得及開口借客棧住宿錢，曹老闆便大著嗓門豪氣地說：「你們身上沒半毛錢是要去哪兒呀？留下，樓上有房讓你們住兩晚。」

粗小皮和康亮感動得幾乎要哭了，疊聲的謝個不停。

「走吧！我帶你們到房間去，你們看起來真的累壞了。」大芳姑娘一邊說一邊領著他們上樓。

兩人一進房，頭一沾枕，就立即跌進夢鄉。

夜裡，粗小皮還作了個夢，夢裡的曹大娘變成他的娘，站在灶前幫他熬粥。

第三章　因禍得福

第二天一早，粗小皮和康亮就被吵雜的吆喝聲、馬蹄聲、車輪在石子路上滾動的聲音吵醒。兩人神清氣爽地醒來，走下一樓，圓桌上已經擺滿一桌食物。

曹老闆已經吃過飯在店裡忙著招呼顧客，店門口停了三匹驢子。

粗小皮、康亮和大芳姑娘三個人安靜地吃著饅頭、喝著豆奶。

粗小皮看著曹大娘，想起昨晚的夢，一下子紅了臉，轉過頭來用力啃著饅頭。

昨天實在累壞了，連眼睛也沒清亮過，粗小皮和康亮這時才把大芳姑娘看了個清楚。這姑娘長相清秀，雙眼明亮機靈，眼角還有顆小黑痣，是個聰明漂亮的小姑娘。

「大芳姑娘愛吃包子嗎？」康亮睜大眼睛看著大芳姑娘問著。

「包子？」大芳姑娘看著自己手上的饅頭說：「你想吃包子嗎？」

康亮連忙揮手說：「不不不，我是做包子的，我很會做包子，大芳姑娘想吃什麼包子我都可以做給你吃。」

「原來你是做包子的！」大芳姑娘笑了出來：「下次去牛頭村再嘗嘗你的包子。」

康亮從大芳姑娘臉上的表情猜測，她不那麼喜歡包子，也不想再談論包子。大芳姑娘轉頭看著粗小皮問：「你的採購單還在嗎？」

「放在包裡，被搶走了。」粗小皮垮著臉說。

「你還記得要買哪些東西嗎？」大芳姑娘起身朝櫃檯走去，拿來紙筆和硯臺遞給粗小皮。

「大概記得。」粗小皮接過紙筆並磨起墨來，寫下採購單上的物品，那張採購單他看了很多遍，很輕易就記住每一樣物品。他把寫好的採購單遞給大芳姑娘時，認真且帶點兒懇求的語氣說：「我們的銀子被搶了，可否先賒著？等我開始領薪了，再回來還。我會還的，真的！」

「別擔心，老粗師傅的事沒有第二句話說。沒問題。」曹老闆爽朗地說。

「真是太謝謝您了。」粗小皮滿心感謝著。

曹老闆忽然停下手邊的工作問著：「老粗師傅身體還好吧？他那雙老手還能夠編草鞋嗎？」

「託您的福，師傅的身體挺好，有空還去老鐵那兒打鐵呢！師傅是編草鞋的快手，一天編五雙也沒問題。」粗小皮說。

「老粗師傅從不出門，也不曾見曹老闆來過牛頭村，曹老闆和老粗師傅很久沒見了吧！」康亮隨口說著：「有空來牛頭村坐坐嘛！請你們吃包子。」

「去牛頭村耶，你當是走過兩條街那麼方便啊，那可是千里古道哪！」曹老闆扯著嗓門說著。

「是啦，那裡是有點遠。」粗小皮說。遠到老朋友可以二十年不見。

康亮看著大芳姑娘，立刻又補了一句：「雖然我家是做包子的，但是，我比較想做俠客。」康亮傻笑著說完，還刻意看了大芳姑娘一眼，他覺得姑娘們會喜歡俠客勝過做包子的。康亮覺得雷爾鎮的姑娘就是長得比牛頭村的姑娘好看，大芳姑娘撥頭髮的模樣更是動人。

曹老闆和大芳姑娘同時轉頭看著康亮，曹老闆笑著說：「傻小子，這年頭哪裡還有什麼俠客？如果有，你們被打劫的時候，俠客就應當出現在搶匪身後，一把抓住他的衣領扔到臭水溝裡去。」

康亮傻笑著，江湖這麼大，俠客要行俠仗義，當然是事發當時他剛好就在附近啊！「我們被劫的時候附近剛好沒有俠客經過，他們吃飯去了。」康亮尷尬地說著。

大芳姑娘很快便將粗小皮採購單上的東西都備齊了，裝在一個新的背袋裡。

吃過早餐後，粗小皮和康亮坐上大芳姑娘駕駛的馬車逛遍雷爾鎮。他們參觀了雷爾鎮上最大、最有名的補鞋鋪和包子店，還到明鏡湖划船遊湖。

「如果我們沒有被惡賊搶了，你還會不會帶我們來遊湖？」康亮問。

大芳姑娘大笑幾聲後說：「你們如果沒被搶，的確不會帶你們來遊湖。你們在雷爾鎮被搶還挨揍，給你們一點補償，讓你們對雷爾鎮的印象不會太糟。」

「那我們算是因禍得福了，這會兒才能和大芳姑娘一起遊湖呢。」康亮笑得很開心。

「你們知不知道老粗師傅為何不來雷爾鎮？」大芳姑娘問。

「路這麼遠，來回要兩天，有背伕代勞即可。」粗小皮說。

「以前年輕的時候，老粗師傅可是三天兩頭往雷爾鎮跑，因為我娘呀！別看我娘這麼挺老粗師傅，你們要記住，千萬別讓他們碰到面，他們一碰面，那火呀，可以燒掉二十一尖山森林裡所有的樹。」

「啊！」粗小皮和康亮同時露出驚訝的神情。是嗎？我們都不曉得哪！

「他們年輕的時候訂過親，但是啊，老粗不願意入贅，我娘不願意離開雷爾鎮，誰都不願意移動，後來就分開了。」大芳姑娘說：「幾年後的某一天，老粗師傅突然出現在雷爾鎮，到曹家鞋鋪親自採買材料用品，和我爹一言不合打了一架。老粗師傅從此不再踏入雷爾鎮。那時我還沒出生，到現在也沒見過老粗師傅。我娘老提這些事。」

原來如此啊！粗小皮曾經問過老粗師傅為何不成親？老粗師傅不想回答這問題，便假裝沒聽見，自顧自地喝茶，晃腳，抓鬍子。老粗師傅不習慣對人訴說心裡話，粗小皮覺得自己這一點和師傅挺像的。

「那場架，誰贏？」康亮想知道。

「兩個人都輸，因為我娘氣得把他們兩個狠狠揍了一頓。」大芳姑娘說。

明鏡湖湖面如鏡，翠綠的山影倒映在湖上，幾艘船不疾不徐地划行著。有人在釣

魚，有人在賞景。幾隻老鷹在空中盤旋，其中一隻慢慢朝湖面飛去，忽然猛地快速俯衝，雙腳在湖面一抓，再度高飛時，爪子已經牢牢抓住一條肥大的魚了。從來沒見過湖的粗小皮和康亮，一下子就陶醉在這美景裡。

「在山城住久了，看見這麼寬闊的地方，把我的心也撐大了。我想留在這兒，大芳姑娘，你的店鋪要不要一個打雜的或是做包子的伙計？我每天給你們做包子。」康亮笑著說。

粗小皮看著康亮，一時之間還猜不透這話是真是假。

「咱家這小鳥窩容不下大老鷹哪！你可是要當大俠的人呢！」大芳姑娘笑著說，說完又將垂落在臉頰的頭髮撥到耳後。

「大俠，是啊，別急別急，有朝一日啊！」康亮充滿自信地說。

大芳姑娘指著對岸的森林說著：「走過那片森林就到東大城了，東大城再往東走過去，就到大京城，那是皇帝住的地方。」

「你去過東大城嗎？」康亮問。

「沒去過。店裡只有我跟我娘，忙得很哪！」大芳姑娘說：「總有一天會去的。」

總有一天我們也會去的。粗小皮和康亮看著森林，眼神也洩漏了相同的期待。

三人看著湖，看著山，看著盤旋的老鷹，各自想著各自心裡沒想清楚的事兒。

回到曹家鞋子材料行，曹老闆拿出一件牛皮縫製的圍裙，以及一件淡藍色的及膝短袍送給粗小皮，並用豪邁的口氣說：「我知道你就快要成爲補鞋師傅，要獨當一面了。我聽背伕說過，你沒有爹娘，你即將成爲師傅，想到沒有人爲你做點什麼，我心裡就難受。所以，拿去吧！收下我一點點心意。」

粗小皮這下再也忍不住，眼淚滾下他的臉頰，這世上除了老粗師傅和康亮他娘，就屬曹老闆對他最好了。他才一個月大就被人放進羅筐裡，擺在老粗補鞋鋪門口，老粗原本打算送衙門，後來，決定自己把他養大。老粗沒讓粗小皮叫他爹，老粗說自己福薄擔不起這偉大的稱呼，他有自己的親爹，有一天會出現。粗小皮六歲時，老粗就將這事跟他說了。他聽了也沒多大感覺，老粗師傅不讓他叫爹，沒關係，他已經在心裡叫他千百回了。

曹老闆上前張開雙臂抱著粗小皮，可憐這孩子從來沒被娘抱過。

「有一天，我會爲曹老闆和大芳姑娘做一雙世界上最好的鞋。」粗小皮抹去眼淚後認眞地說著。

第三天一早，粗小皮和康亮天還沒亮就起床，悄悄地溜到廚房揉麵團，蒸了一籠南瓜包子，熱呼呼地擺在灶上後，兩個少年終於離開熱鬧小鎭，踏上古道。

快到禮讓彎的時候，粗小皮摘了幾朵小野菊，用草莖綁成一束，站在禮讓彎朝空中抛去：「曹老闆，您安息吧！您的妻子和女兒大芳姑娘很努力地過日子，曹家鞋鋪材料行也經營得有聲有色，依然是雷爾鎮最好的一間材料店。您就安息吧！」

「請您安息吧！」康亮也合起雙手輕聲地說著。

接著，康亮看著身旁這顆大石頭說：「這禮讓彎，咱們得想辦法把它鑿寬些，這石頭又不是鐵打的，慢慢鑿，肯定能鑿掉這顆大石頭。」

「你看看這裡。」粗小皮蹲下去指著一小處鑿痕：「有人跟你想一樣的事，但是鑿了些時候就放棄了，這岩石太硬了。」

康亮也蹲下身摸了摸那些鑿痕：「算了，就讓吧！」

兩人一起身，才發現背後有兩個人站著等路走。粗小皮和康亮趕緊往前走，通過禮讓彎後才側身讓趕路的人先走。

粗小皮和康亮加快了腳步，趕在天黑之前回到牛頭村。

粗小皮從遠方看著牛頭村，忽然覺得牛頭村怎麼縮小了一號？原來我們一直住在這麼丁點兒大的山城啊！

兩人踏進牛頭村，經過巧手藝補鞋鋪時，大師兄田貴興沖沖地跑出來攔下粗小皮和康亮，問道：「小師弟呀，這次去雷爾鎮順利吧！看見什麼好玩的事呢？」

粗小皮尷尬地笑著說：「雷爾鎮又大又好玩，遇見很多新鮮事，我們還去了明鏡湖划船呢！」

「咦，挨揍了？」田貴看見粗小皮和康亮臉上的瘀青了：「沒遇見壞人吧！」

「哪有什麼壞人？沒有。我們不小心撞在一起。」粗小皮拉著康亮趕緊離開。

「是啊，撞在一起才會這樣各腫一邊嘛！」康亮回頭補充說明。

二師兄艾吉站在耐磨耐穿補鞋鋪門口，彷彿正在等他們似的，一見到他們，立即堆滿笑臉迎上前去：「小師弟，雷爾鎮好玩不？」

「好玩好玩，我們都長見識了。」粗小皮別過臉，頭都沒回拉著康亮小跑步離開。

「急什麼呢？有空到二師兄這兒喝杯茶，說些事給我聽啊！」艾吉喊著。

「好的好的，有空就去喝茶。」粗小皮邊跑邊回話。

「我們急著上茅廁呢。」康亮補上一句。

老粗師傅搬了張凳子坐在大門口，蹺著腿，抽著菸斗，還不時晃著蹺起的那隻腿。

麥家客棧麥大江的閨女麥甜，蹦蹦跳跳走下石階，來到鞋鋪大門口，看見老粗師傅竟然搬張凳子坐在那兒假裝悠閒抽菸，這模樣真是少見哪！麥甜覺得有趣，決心逗弄老粗：「老粗師傅，粗小皮應該快回來了吧！」

「管他啥時候回來！」老粗師傅說。

「嘿，這不是回來了嗎？」麥甜假裝看著路那頭叫了出來，老粗師傅立即放下蹺起的那隻腿朝路那頭看去，這才發現自己被捉弄了，無奈地用菸斗朝著麥甜點了點後，傻笑著說：「你這個臭丫頭，竟然消遣我這個老粗！」

麥甜回了個頑皮的笑容，走進店鋪角落抽出幾根稻草，倚在鞋鋪大門邊，開始靈巧地編織，沒多久就編出一隻蚱蜢，她將蚱蜢遞給老粗師傅；沒多久又編了一隻青蛙，再度遞給老粗師傅。

老粗帶著微笑把玩著草蚱蜢和草青蛙。這小姑娘手眞巧，只教她編過蚱蜢，她自己就能思考變通然後編出這隻青蛙。麥甜、粗小皮和康亮，三個人一起長大，三個人都會編蚱蜢，只有麥甜從此愛上用稻草編織這些小昆蟲，還會編一些他看不懂的東西。老粗眞心喜歡麥甜，如果可以許配給粗小皮，對鞋鋪一定很有幫助。但是啊，麥甜的爹和康亮的爹在他們還在地上爬的時候就說好了，要讓他們長大後成親。

包子鋪的康熊和康亮他娘也走出店門口，朝路那頭張望：「應該到了呀？」

不一會兒，他們就看見粗小皮和康亮出現在路的那頭。

「回來啦！」麥甜尖著嗓門說著。

老粗站了起來，雙手環抱在胸前，嘴裡叼著菸斗。他才看了兩眼，就知道事情不對勁。他們手上的包袱不見了，背上的背袋是全新的，還有兩人的臉上各有一塊青紫色的瘀血。

康亮和爹娘打了招呼：「我回來了。」

「嘿，你們的臉怎麼了？」麥甜一眼就見到他們腫起來的臉。

「嘿，你的臉怎麼了？」康亮他娘捧著兒子的臉看著。

「我們兩個不小心一轉頭，臉就撞在一塊了。」康亮說。

「師傅，我回來了。」粗小皮打完招呼趕緊走進店裡，將背袋裡的物品逐一擺在架上，進房換上工作服，打了些水，洗了把臉，回到店鋪，檢查一下待修的鞋子。

「別忙了，所有送修的鞋子，你大師兄和二師兄都補好了。」老粗師傅說。

「都補好啦！」粗小皮轉頭看了一眼老粗師傅，發現老粗師傅正盯著他瞧。粗小皮指著臉上的瘀青結巴著說：「這是……是我和康亮不小心撞在一塊……」

「我又沒問你。」老粗師傅粗著嗓門說。他走到門口對著準備走回客棧的麥甜說：「嘿，小甜，給我們送兩碗麵來。」

「瞧，老粗師傅對你多好，心疼你走那麼遠的路，叫麵給你吃呢！」麥甜對著粗小皮說，說完便轉過身去，一邊上石階一邊說著：「馬上來，給你們加點好料。」

粗小皮和老粗師傅就著油燈吃著麵，油燈裡的橘紅火花輕盈搖曳，催眠似地讓疲累的粗小皮睡了那麼一下。

「曹老闆那邊有進什麼新貨嗎？」老粗師傅問著。

粗小皮眨了眨眼，清醒過來。

「有一種很高級的做鞋底的材料，是一種獸皮，那獸叫做紫嚕嚕獸。」粗小皮興奮地說著，人也清醒了。

「啥？什麼魯魯獸的皮？新鮮玩意兒。」

「紫嚕嚕獸，聽說這獸比牛更大一點，全身紫紅色，布滿黑色斑點，牠的皮厚得連刀劍都刺不進去，所以適合做鞋底，穿十年都磨不穿。」

「你聽誰在說故事啊？」老粗師傅一點也不信：「刀劍都刺不進去，那怎麼殺死牠取獸皮呀？」

「大芳姑娘說這獸皮再硬，都有虛弱的地方。她給我看獸皮，我看了摸了聞了，是動物的皮假不了。」

「你怎不帶一塊回來讓我長長見識？」

「那可不是你想有就有的，大芳姑娘也就求到那一小塊，剛剛好做一雙鞋。」

老粗師傅吃完麵，喝完湯，滿足地放下筷子，仰著下巴抓了幾下鬍子後問：「大芳姑娘有沒有說那獸皮給誰做鞋了？」

「沒說。這麼稀少的東西，肯定是為有錢人做的。」

「那曹老闆有跟你們說別的事嗎？」老粗師傅看似隨意地問著。

「別的事？關於什麼的？」

「別的跟工作無關的事。」

「那倒沒有，不過她說呀，只要是老粗師傅的事一切都沒問題。看起來你們有很好的交情。」粗小皮加強語氣說著，一邊說還一邊偷看老粗師傅的反應。

老粗師傅蹺起腿來，晃了兩下後說：「明天請背伕來一趟，讓他把欠著的錢帶去還給人家。」

粗小皮張大眼睛看著老粗師傅，露出一副「你怎麼知道？」的吃驚表情。

「你呀，帶回來的布包不是你帶出去的那個，臉上還被人狠狠揍了一拳。兩個人要撞得多用力才能撞出這瘀血？你們被打劫了。」

「對不起，我……我們……」粗小皮因爲弄丟錢又撒了謊，慌得不知該說什麼。

「說實話並不丟臉。想隱瞞的心，會讓你睡不著覺啊！沒關係，也好，學了個教訓。」老粗師傅說：「把湯碗洗了給麥甜送回去。」

粗小皮把清洗好的兩個大碗送回麥家客棧。

麥大江和麥大嬸看見粗小皮臉上的傷，立即送上關心：「怎麼傷成這樣？」

「我和康亮被打劫了，還被狠狠揍了一拳。」粗小皮老實說。

「這可惡的惡賊！」麥大嬸忿忿說著。

「讓粗小皮回去休息吧！走一天路，肯定累死了。」麥甜推著粗小皮走出客棧。

粗小皮走下階梯前，靦腆地對麥甜說：「我和康亮本來想給你買條絲巾或手絹什麼的，但是，我們的包被搶走了，沒錢買……」

麥甜一邊笑著，一邊把粗小皮身子轉向石階，要他回去。「我明白啦！快回去睡覺，你看起來累壞了。」

麥甜看著粗小皮走下石階、走進鞋鋪，才轉身進屋。

粗小皮回到鞋鋪，老粗師傅已經收拾好，大門關上一半了。粗小皮鑽進店鋪：「這麼早打烊？」

「今天早點歇息吧！我也累了，想睡了。」老粗師傅關上另一扇大門。

粗小皮嘴角微微上揚，他看著老粗師傅的背影，平常吃過飯還要去老鐵打鐵鋪喝茶，今天是體貼自己走了一天古道，要他早點睡呢！

粗小皮提著油燈，打了個大呵欠，走過長廊往房間走去。

第四章 英雄鐵柱

一早，就有人敲門要補鞋，粗小皮起身打開大門。一個中年男人牽著一頭驢子，驢子上掛著許多貨物。那男人脫下腳上的鞋遞過去：「快快快，幫我縫上，要趕路哪！」

「昨天晚上怎麼不來呢？」粗小皮抱怨著：「剛睡醒，眼睛都還沒睜開呢！」

「走了一天的路，躺下就睡了，早上醒來才發現鞋破了。」

粗小皮揉了揉眼睛，打了一個大呵欠，這雙鞋鞋底大腳趾下面位置的牛皮磨破了，他剪下一塊牛皮縫上。縫牛皮要使很大的勁兒，如果客人坐在一旁等著，他就會有點兒緊張，擔心讓客人久等。

終於補好了。那人將鞋穿上，牽著毛驢走了，驢蹄子踏在石頭砌成的路上，叩叩喀喀的聲音眞好聽，清脆得像廟裡的和尚在敲木魚。

老粗來到店鋪，和粗小皮站在門口看著那人牽驢子離去的背影。

康亮從店裡捧著二十籠包子走出來，左右手各十籠，朝各個客棧去送包子。

「你家那小子可眞神呀！」老粗師傅看著康亮的背影讚嘆著說。

康熊走出來，遞給老粗和粗小皮各一個包子：「剛出爐的。」

「我說老熊啊，二十一尖山從頭走到尾，找不到第二個康亮啊！」老粗師傅一邊嚼著包子一邊說。

「那倒是，我都只能捧八籠。左右各四籠。」康熊看著粗小皮問著：「你們的臉是怎麼回事？小亮子沒說實話。」

粗小皮看了老粗師傅一眼後，說：「我們被搶劫了。我們一走進雷爾鎮就遇到惡賊，他假裝給我們帶路，卻把我們領到死巷子，賞我們一人一個拳頭，然後搶走我們的隨身包袱。幸好曹老闆收留我們，讓我們吃住，大芳姑娘還帶我們去遊湖收驚。她們是大好人。」粗小皮語調委屈地說著，淚水在眼眶裡打轉。

「江湖險惡啊！沒想到你們這麼快就遇上了。」康熊嘆了一口氣，說：「難怪小亮子看起來不是很開心。」

「我們還是很開心的，雷爾鎮多大呀，我們坐了馬車，還坐船遊湖，那湖比咱們牛頭村還大哪！」

「搶得好啊，以後你們就知道出門得處處提防了。」康熊說。

「提防不了的，誰的臉上寫著好人壞人？你以爲他是個好人，最後他都走遠了，你才發現他是個賊；有些人一直都很壞，但是今天他想做個好人；有些人面相看起來就是壞人，最後才發現他是個眞正的好人。」老粗師傅轉頭對著粗小皮說：「我們不能老是在猜疑這個人是好人還是壞人？就算能很快做出判斷，都沒個準的。出門在外，靠的就是運氣。」

粗小皮覺得老粗師傅說得對極了。他們這趟去了雷爾鎮遇見劫匪，也遇見大好人曹老闆母女。

「師傅也遇見過壞人嗎？」

「這輩子誰沒遇見一個兩個壞人哪！」康熊代替老粗回答了。

粗小皮補好兩雙鞋，走出鞋鋪，兩個中年男子背上背著用黑布裹起來看來不是刀就是劍的東西，他們踏上石階走向麥家客棧。

康亮手裡捧著從客棧收回來的十個蒸籠，一跛一跛地從路那頭走過來。

「咦，小亮子的腳怎麼回事啊？」康熊朝康亮走去。

粗小皮也小跑步來到康亮面前，兩人接過康亮手上的蒸籠。

「你的腳怎麼了？」粗小皮問。

康亮他娘站在大門口，扯著嗓門冷嘲熱諷著：「不就是想練輕功咩，在腿上綁了鐵塊跳上跳下，結果鐵塊掉下來砸傷了自己的腳趾頭咩！」

「是這樣嗎？」康熊問康亮。

「因爲蒸籠空了嘛！我想試試可不可以踩在樹幹上走幾步，就扭了腳了。」康亮瞪了他娘一眼：「你猜錯了，鐵塊沒掉下來。」

「想練輕功是吧！跟我說嘛！我給你做雙鞋。」粗小皮說：「拿你的鞋來，我量量大小。」

「眞的幫我做練功鞋呀，眞是我的好兄弟。」康亮說著脫下腳上的鞋遞給粗小皮。

粗小皮拿著康亮的鞋走回鞋鋪，把康亮的鞋翻來翻去思考了一番，很快便知道該怎麼做。可以把鐵塊磨小，包覆在鞋尖和後腳跟，如此就能增加重量，不磨腳，也不影響行走，只是要如何撐住鞋尖就得再琢磨琢磨。

粗小皮量了鞋，畫了尺寸和形狀後，和老粗師傅打聲招呼，便朝打鐵鋪走去。

「你打這東西要幹嘛呢？」打鐵鋪的老鐵看著粗小皮畫的奇怪形狀，不解地問著。

「這是爲康亮訂做的練功鞋。」粗小皮笑著說。

「練功鞋，加重量練輕功是吧！輕功是這樣練的嗎？這是小孩玩家家酒嘛！」老鐵揚著眉毛笑著說。

「家家酒是小姑娘玩的，也許哪天我設計的功夫鞋大家搶著要呢！」粗小皮說。

只見一個穿著暗紫色對襟短衫、皮膚黝黑的男子走進店鋪，問著：「有斧頭嗎？」

「今天是咋回事啊？你是第四個來找斧頭的人。」老鐵指著掛在牆上的斧頭說：「在那兒，就那幾把。」

那男子走過去，拿起每一把斧頭舉到眼前細細看著，彷彿有誰在斧頭上給他留了什麼話。

「就這幾把？」那男子歪著頭將滿臉的狐疑射向老鐵。

「就那幾把。」老鐵說。

那男子開始在店裡東翻西找，連木柴堆都翻了幾下。

「我賣斧頭的，哪有把斧頭藏起來的道理？三歲娃兒都知道。」老鐵不屑地吼著：

「不買東西，就別翻我的東西。」

「誰知道？」那男子指著一扇門問：「裡面給看不？」

「你的屁股給看不？」老鐵這下發怒了，他將雙手插在腰上，扯著嗓門說。

粗小皮在一旁笑了出來，這人幹嘛看人家睡房啊？

「算了，改日再來。」那男人離開了店鋪。

「最近來了許多奇怪的人。」老鐵嘮叨起來。

「前面那三個人買了斧頭嗎？」粗小皮好奇地問。

「沒，像剛剛那個人一樣，拿在眼前看了又看。」老鐵說：「真正買斧頭的人，會拿起一把對著旁邊那塊木頭砍幾下。」

粗小皮走到斧頭跟前，也拿起一把斧頭仔細瞧著，瞧到第三把時，他發現了異狀：

「咦，這上頭好像有個字……」

老鐵大吃一驚，立馬衝到粗小皮身旁：「哪裡？什麼字？」

「這兒，淡淡的『端』字，山字去了一角，還是看得出來是端字，你看。」粗小皮指著斧背靠近木柄的位置說著。

老鐵接過斧頭，皺眉瞇眼、拿遠拿近看得好辛苦：「沒有字啊！不可能有字。」

「這兒這兒，很淡很淡，但就是個字。」粗小皮更精準地指出字的位置。

「啐，你欺負我眼花是吧！啥也看不清楚。」老鐵把斧頭拿到工作檯旁擱著，轉頭對粗小皮說：「這幾塊小鐵片明天來取。」

「多謝老鐵師傅。」

粗小皮剛剛離開老鐵鐵鋪，就聽見鐵鋪傳來鏘鏘鏘刷刷刷磨鐵的聲音。粗小皮被這好聽的聲音逗得好不愉快，腳步輕鬆地走過衙門廣場。這麼大的衙門只有簡植大捕頭、顧三與尚鋒三個捕快，還有兩隻鴿子守著。這就夠了，牛頭村這小山城，大家匆匆來去，在這兒偷東西不是蠢貨就是驢蛋，從雷爾鎮走上一天到這兒住上一宿再偷點東西，再趕路回雷爾鎮或塔伊鎮，人還沒到，衙門的飛鴿已經通知兩地的捕快，在古道出入口等著搜捕了。

所以，這麼多年來，少有傻蛋在牛頭村惹禍。既然如此，牛頭村還需要那麼大的衙門做什麼呢？

就爲了涼茶亭前那兩根大鐵柱。

但是涼茶亭前只有一根大鐵柱啊！

本來有兩根的。

另一根哪兒去啦？那麼重又那麼粗，誰扛走啦？

噓！聽說，被打成斧頭了。

喔，眞的假的？

誰知道。

反正刻滿名字的大鐵柱就莫名其妙跟著牛頭村的江湖一起消失了。

江湖是怎麼消失的？

有這麼一說，江湖是被簡植大捕頭一掌劈碎的，那些江湖碎片從此隱藏人間，再也拼湊不出一張完整的江湖模樣。

這些故事粗小皮和康亮聽了不下二十次，每一次聽每一次都覺得震撼。

說書先生是這麼說的：

三十幾年前的牛頭村可有名了，那時的武勁大賽就在牛頭村兩個牛角尖中間的那間涼茶亭前舉行。為何選在牛頭村這個老土名字的地方呢？因為地勢的關係，牛頭村左有塔伊鎮，右有雷爾鎮，前有懸崖，後有二十一尖山。連接塔伊鎮、牛頭村和雷爾鎮這三個地方的千里古道是條險惡古道，是一個適合武鬥的地方。那時各路人馬從雷爾鎮和塔伊鎮出發，武勁大賽的雛形從那時候就形成了。

是誰忽然就想在這條古道上舉辦武勁大賽呀？

這可不是忽然之間就成就得了的事情。

這條從塔伊鎮經過牛頭村再到雷爾鎮的千里古道，從很久以前就是一條危險的古道，盜匪出沒，搶劫經過的商旅和老百姓。總是有一些俠客會在古道上出手保護那些為了營生走上古道的小老百姓，於是，這條古道常常有打鬥、廝殺的驚險場面。當時有一個武功特別厲害的小伙子，他在千里古道上巡邏，保護善良老百姓，漸漸地闖出了名號，於是有很多人拎著劍、握把刀走上千里古道，不是為了打劫，而是為了在這狹窄的古道上打敗他。

那小伙子讓外面的人知道二十一尖山群峰裡有個牛頭村，否則牛頭村就要繼續隱沒在這深山峽谷裡。

找他比武的人愈來愈多，每個人都想掀開他臉上的蒙面巾，但是誰也打不過他。愈打不過他，他的名氣就愈響亮，想挑戰他的人就愈多，那古道竟然變成熱鬧的市集了。真是！

可是那小伙子有一天忽然消失了，再也沒人見過他。沒人知道他打哪兒來？又去了哪裡？

後來有人提議在千里古道上舉辦武勁大賽，讓各方好手進行武術的較勁，因為地勢關係，千里古道成為武勁大賽的最佳地點。兩方人馬各從塔伊鎮和雷爾鎮開始進入武勁大賽。有人一開始就敗了，有人還沒到牛頭村就被踹下懸崖，最後來到牛頭村的人還不是贏家，這些在古道上勝出的人，會在涼茶亭前的空地展開激烈的武鬥，最後，贏家的名字將被刻在英雄鐵柱上。

涼茶亭前最早出現的那根鐵柱可不是為了武勁大賽立在那兒的，鐵柱一直在那兒，牛頭村建村的時候鐵柱就在那兒了。那根鐵柱可神了，一百多年了不鏽也不倒。鐵柱大約有一個大人肩上坐著一個三歲娃兒那麼高，上頭有雕花，還刻著一行字：「一起盛開也要一起飄落。」

為何是一起盛開也要一起飄落？

據說，以前涼茶亭前面下坡處左轉往破廟那個方向，種了一整排櫻花，風來的時候，花瓣飄落的樣子美極了。當時的村長就弄來一根鐵柱，刻了這一句詩，讓來客賞景、賞花又賞詩。後來，那些櫻花卻得病，全枯死了，徒留鐵柱上的一行詩，記憶那曾經壯麗的美景。

第一年的武勁大賽有了贏家，怎麼辦呢？總要有個紀錄啊，見到這根大鐵柱，就把第一個勝出的英雄名字刻上去了。鐵柱從此被稱為「武林鐵柱」。

後來呀，每年都來了一大批人踏上千里古道，希望自己的名字被刻在鐵柱上。

武林鐵柱上一共刻了三十七個贏家的名字。第三十八年，千里古道上的武勁大賽風雲變色，那一年，名字應該被刻在鐵柱上的葛青，卻被剛到職一年的簡植大捕頭送進了監牢。

每一個手持寶劍踏上千里古道的人心裡都明白，雙腳踏上千里古道的當下，就是用雙腳簽下生死狀，勝敗生死，自己負責。這是一場漫長的競賽，考驗的是體力、耐力和武力，從來就不是要參賽者踩著別人的鮮血蹬上贏家的位置。但是漸漸地，競爭愈來愈激烈，各方好手湧進千里古道，還有殺人者來到千里古道上棄屍，偽裝武勁大賽的失敗者，天下已大亂啊！

那段險惡的古道葬送了多少少年俠客，武術不精打不過人家的，不是回頭就是跌落懸崖，那時候的禮讓彎叫絕命彎。真正能活著來到牛頭村涼茶亭喝上一杯涼茶的，就是絕頂高手了。但是，不能只喝杯涼茶就走，總要有一個贏家的名字光榮地刻在涼茶亭前的武林鐵柱上。

武勁大賽之後，就是牛頭村悲慘的日子。那些戰敗跌落懸崖者的家屬開始來尋人，衙門派出許多人力垂降到懸崖下打撈屍體，那淒厲的哭聲在山裡迴盪了七天七夜啊！咱們的簡植大捕頭剛剛上任，第一次聽到那哭聲，他自己也哭了七天七夜。

悲傷的秋天哪！

第二年的武勁大賽，簡植有大作為了，他從塔伊鎮和雷爾鎮調來幾百名武術精良的捕快在古道上來回巡邏，絕命彎就有十名捕快在那兒駐守。武術競技可以，殺人就不行，有人死了一定究辦。

那年，抓了三十個江湖人送進牢裡，但是也犧牲了二十名衙門捕快。涼茶亭立了一根新的鐵柱，上面刻著壯烈犧牲的捕快名字。他們的家人被妥善照顧著。麥甜爺爺的名字麥興就在上頭。

即使衙門已經頒布禁令，禁止舉行武勁大賽，但第三年秋天，武勁大賽仍悄悄展開，想要在江湖揚名的人又出現在古道上。簡植又調來幾百名捕快，這次逮住了九個江湖人送進大牢，犧牲了兩名捕快。

第四年，來了幾個江湖人在古道上行走，只有幾起零星、無法論輸贏的小打鬥，因為整條古道都是捕快。那年沒有逮住任何人，也沒有犧牲任何捕快。

從此，千里古道就安靜了，絕命彎改名禮讓彎。

江湖終於消失在二十一尖山群峰。

不知何時，涼茶亭那根武林鐵柱也消失了。

打鐵鋪的老鐵是這麼說的：

這鐵呀，給我們人哪很多幫助。打成鋤頭，可以鬆土種地，讓我們有飯吃；做成菜刀，幫助我們剁雞剁鴨；但是做成刀劍暗器大屠刀，那就不得了了，揮舞那些可怕的東西就可以威脅別人，搶別人的東西，取別人的性命。

我老鐵是有原則的，我從來不幫別人打劍，再多的錢我也不幹。所以，以前千里古道還處在亂世的時候，那些沾了人血散落在古道上的刀劍，沒有一把是我打的。我不幹那種事！如果你聽過別人的媽媽哭著找兒子的那種聲音，你就會明白我在說什麼了。

老粗師傅是這麼說的：

那時候，很多人的鞋壞得快，補鞋生意好得不得了，我和你大師兄田貴補鞋補到三天沒睡覺。別以為來參加武勁大賽的大俠們都穿好鞋，有人穿草鞋一樣飛天遁地，把名字刻上大鐵柱。不辦了也好，每回大賽一結束，我們也得陪著哭啊，咱們牛頭村的土地就這麼點大，那些輸了、死了的江湖人如果都埋在這兒，我們活著的人就要被死人趕出這山城了。

才十多年前的事，怎麼現在想起來好像過了一百年那麼久了！

鐵柱是吧！我當然見過，就和現在立在涼茶亭前那根鐵柱長得差不多。現在的英雄鐵柱沒有雕花，消失的那根武林鐵柱有雕花，記得是櫻花吧！

那根鐵柱風吹雨打的，早就鏽掉了。

既然武勁大賽都被禁止了，武林鐵柱就沒存在的必要了，鏽掉，真是剛剛好呢。

養鴨子的老劉是這麼說的：

我就坐在水池邊喝茶看著，鴨子有時也會游過來幾隻陪著，拉長脖子好奇地看著人類在打架。每個人提著劍、握把刀、三蹬兩跳地從我眼前經過，每個人都以為自己是最厲害的，其實都不是。我才是最厲害的，挖個水池抓幾隻小鴨子，放進水池裡，割些草給牠們吃，牠們長大就抓去賣掉，再到懸崖頂街的康家包子店買幾顆包子，多輕鬆就吃飽一頓飯。你看這些人，得拿命去拚才有飯吃，有些人在路上就被一腳踢下懸崖，晚餐也沒吃著。你們說，是不是我才是最厲害的高手？

話又說回來，現在什麼都沒得看了，還真有點兒無聊。

這麼多年沒舉行武勁大賽了，江湖上的人們都老了，劍都鏽了。武林高手會老、會死，新的高手還沒誕生，也沒人在路上。江湖蕭條是件好事吧！你看這牛頭村多麼寂靜啊！

你問我在千里古道上行俠仗義的年輕小伙子是誰？

有人說那人蒙著面卻綁了黑色頭巾，看起來是個光頭，八成是牛頭村人。誰都有可能啊，打鐵鋪的老鐵都有可能哪！

我可沒胡說呀！我說是我，你信不信？

鐵柱哪兒去了？

你問我我問誰去呀？我怎麼會知道？我又沒受雇看守那根武林鐵柱。

它本來好端端在那兒，忽然有一天上午，有人發現它不見了！可能是山裡的大怪獸拔走的吧！

關於江湖的傳說就是這樣，就像一塊黏土，說著說著，講著講著，捏著捏著，這裡加點東西，那裡再插兩根樹枝，最後這些江湖故事就各自長出自己的手腳了。

誰說的才是真的？

誰也不知道。

牛頭村兩個牛角中間有一間涼茶亭，以前賣涼茶的，現在不賣了。

為什麼不賣了？喝杯涼茶看十三尖山挺愜意的呀！

沒人了，賣給誰呀！都是涼茶亭前這兩根鐵柱害的。

亭前只有一根英雄鐵柱啊！

有兩根，另一根鐵柱，有江湖眼的人才看得見。

第五章 說書先生

今天是說書先生說書的日子，每逢滿月的時候，牛頭村十六歲以下的孩子們就得到涼茶亭來聽書。有時先生會說文解字，有時說些笑話，大多時候都說些道德和人間義氣的故事。牛頭村這個挨在二十一尖山肚臍眼邊上的山城，接收外邊新事物的方式，就是聽說書先生說書。

之前的楊先生回塔伊鎮照顧老母親去了，今天新來了一個說書先生。

粗小皮和康亮來到涼茶亭時，大多數人已經到了。說書先生背著雙手像一尊雕像站在鐵柱前，讀著刻在鐵柱上那些武勁大賽期間爲執行職務壯烈犧牲的衙門捕快的名字。

粗小皮和康亮兩人趕緊溜進涼茶亭，二十幾個少年和姑娘已經坐在那兒等著先生開講。麥甜朝他倆招手，給他們留了座位呢。他們趕緊過去坐下。

「我的甜姊兒，眞是謝謝你了。」康亮感激地說著。

「這個新來的說書先生是個怪人，他就這樣背對著我們，遲遲不肯轉過身來。」麥甜小聲地說著。

那人綁著灰黑色頭巾，手上握著一把摺扇，幾十雙眼睛看著說書先生的背影和那把摺扇，等他轉過身來。

說書先生終於轉過身，微笑看著大家。

他的長相斯文，知書達禮，學識豐富。他來到牛頭村自我推薦，告訴村長兼大捕頭簡植，只需讓他住在涼茶亭旁邊的小屋，他就給孩子們說書，讀詩，解惑。正式說書這天，他入境隨俗，和所有牛頭村的男丁一樣剃光頭髮，綁上一條灰黑色的頭巾。

粗小皮和康亮同時「啊！」了一聲，那人就是他們在森林裡遇見的那個中年人，他說江湖就像一個大水缸，水缸一直都在，只是裡面沒水了。

涼茶亭離水塘近，蚊子特多，一隻蚊子繞著說書先生的右耳飛著，找機會降落。說書先生聽見那嗡嗡聲，不急也不躁，氣定神閒地等著蚊子降落。蚊子那幾根細腿才剛剛碰觸他的耳朵，沒來得及站穩，說書先生迅速舉起他的右手，眨眼瞬間的速度就將蚊子捏在指尖，將捏著蚊子的手指拿近嘴邊，輕輕吹一口氣，將那隻倒楣的蚊子吹走。

「哇！好功夫，我要學。」康亮露出崇拜的眼神看著新來的說書先生。

「別以爲我是什麼高手，我也只會這個，就是抓蚊子。」說書先生的聲音宏亮有勁兒，他「唰」一聲甩開摺扇，一邊搧一邊問著：「我說到哪兒啦？」

「您什麼也沒說哪！」有人答話。

「喔，是喔，我都還沒開始說呢。我姓雷，名響，是雷爾鎮人，大家叫我雷響即可。我們就從剛剛那隻蚊子說起，蚊子就喜歡人類耳朵裡的那股小臭味兒。當蚊子靠近的時候，一般人聽見那煩人的嗡嗡聲，會立馬舉起雙手揮趕。揮趕只是暫時趕走，你得逮到牠，送牠上西天，牠才不會再煩你，得像我剛剛那樣用全身的注意力去感覺牠的手腳落在耳朵或身體的哪個地方，如此才能逮住牠。」雷先生闔起扇子又「唰」的一聲展開，搧走飛繞在耳畔的蚊子。

「做人也是一樣。遇事先煩躁，雙手亂揮，滿口暴氣言語，這對事情一點用處也沒有。我們得靜下心來，用耳朵聽，用心去感應，再去應對，就能從從容容解決問題，化解紛爭。不與人結怨，心就寧靜；心寧靜了，生活就大好。」

「這涼茶亭不賣涼茶好久了，爲什麼不改名呢？」雷先生收攏扇子，雙手背在身後。他看著大家，等著誰回答他的問題。

「也許將來還賣涼茶呢！改來改去多費事。」

「不能改名，涼茶亭有它的故事，改了名，故事就沒了。」康亮說。

雷先生用讚賞的目光看著康亮：「說得好，說得好。有故事就讓人記住許多人許多事。」雷先生一邊踱步一邊說：「我來說個和蚊子有關的故事好了。」

雷響「唰！」一聲甩開摺扇，假裝驅趕耳畔的蚊子。「有一年三月，我和幾個同窗好友在雷爾鎮湖畔賞景，當時蚊子擾人哪！我們一邊打蚊子一邊賞景。有個朋友叫萬興，見我們狼狽模樣，突然訕笑著說：『瞧瞧你們多狼狽，蚊子都不會叮咬我。』我們也沒多想，多待了一會兒就走人了。當天晚上我們投宿客棧，一夜好眠，除了萬興以外，他住的那間房呀，滿滿的都是蚊子，他整夜沒睡都在打蚊子，全身上下沒有一處沒被叮咬的。」

涼茶亭裡所有聽眾沒人動一下，只眼睛跟著雷先生移動，然後呢？誰把蚊子送進萬興的房間裡了？

「誰把蚊子送進萬興的房間裡了？」雷先生一邊緩緩踱步一邊說著：「沒人知道，因爲我們都是凡人，凡人是辦不到的。誰可以辦到？」雷先生又停下來看著大家好一會兒，好讓大家有時間想一想。每個人都一臉困惑，沒人想得通。

「萬興說蚊子都不叮咬他，以爲那些蚊子聽不懂人話？其實蚊子明白他們在討論什麼。那個人是在說我們很笨是嗎？有血可以飽餐一頓卻放棄了？呵呵，也許蚊子眞的生氣了，約好了晚上一起飛進萬興的房間裡攻擊他。但是，我更相信的是神靈在懲罰那人。不過，神靈不會每一件事都出手，當你很狂很傲的時候，就很有機會遇到詭異的事兒。」雷先生收起扇子，拉了一下長袍，等著聽眾們的反應。

粗小皮特別看了一眼雷先生的鞋，那是一雙牛皮縫製的鞋，鞋底往上包覆到鞋尖保護腳趾頭，雙層牛皮縫成的，是一雙非常耐穿的鞋呢。

「雷先生，這蚊子的故事是眞的還是假的？」興來客棧的小公子歪著頭一臉懷疑地問著：「肯定是你編出來的。」

「重點不在眞的還是假的。」雷先生說：「眞也好，假也罷，你要明白的是，你要太狂了，天就要教訓你。當你傲氣滿了心，說自己一定如何又如何，你就注定不能如何又如何。」

當所有人的腦袋裡還響著蚊子的嗡嗡聲時，雷先生又「唰」的一聲打開摺扇，搧自己的臉。他邊搖扇子，邊走到鐵柱那兒，繞著鐵柱子走了一圈，又回到涼茶亭。他看著康亮問著：「剛剛那位小兄弟說，涼茶亭有自己的故事。涼茶亭有什麼故事啊？」

「涼茶亭的故事和涼茶沒關係，和那根鐵柱有關。」康亮說。

「是啊，這涼茶亭是個看臺，人們看過一場又一場的武林較勁，然後看著勝利那人的名字被刻在鐵柱上。」雷響停頓了一下，眼睛掃過每一個人的臉：「傳說中那根刻滿武林大英雄名字的鐵柱哪裡去了？」

是啊，刻滿武林英雄名字的鐵柱哪裡去了？說法很多呀！但是怎麼想不起來呢？當談論鐵柱的人愈來愈少了，也就跟著忘了。

「聽說，你們的簡大捕頭把那根鐵柱送到老鐵打鐵鋪那兒打成斧頭，賣出去了。」雷先生搖著頭說：「那些江湖人用血換來的榮譽，他們的名字還刻在那斧頭上，日復一日、年復一年地去劈開木柴，情何以堪哪！」雷先生轉過身去，用感慨的語調對著二十一尖山群峰大聲說著：「不留武林鐵柱，但留涼茶小亭，英雄嚥下涼茶化成淚，那英雄大名貼著斧頭劈柴了！江湖無情啊！」

涼茶亭裡一片靜默，遠遠的似乎傳來打鐵鋪敲擊鐵片的聲音。

涼茶亭裡的每一個人都露出困惑的神情。鐵柱消失的說法很多，獨獨就沒有「被拿去打成斧頭」這樣的說法。

是誰這麼說的呀？又是誰拿去打成斧頭的？他們怎麼都不知道呀？

「我們都不知道那根鐵柱被送去打鐵鋪，雷先生怎麼會知道？」康亮小聲地問。

「是啊，我從來都不知道鐵柱去哪兒了？」粗小皮說完，猛地想起在打鐵鋪遇見那些尋找斧頭的人，他們把這事當眞，去找斧頭了？還是這件事就是眞的？

「我們去找老鐵問問。」康亮說。

「我不久前去了一趟，老鐵說有四個人去問斧頭，每個人都把斧頭拿到眼前看呢，我也拿起來看了，有一把看起來好像有字，但是老鐵說那是刻痕不是字。」粗小皮說。

「你當那根鐵柱是豆腐啊，要切幾塊就幾塊呀？」麥甜一副快要瘋掉的模樣：「不可能打成斧頭的啦！」

「說的也是，如果打成斧頭要切成幾塊呀？用什麼切呀？」粗小皮也糊塗了。

「老鐵是有經驗的鐵匠，他當然知道要怎麼切呀！燒得火紅火紅就可以切了，不然那些斧頭的鐵生來就一塊一塊的嗎？」康亮也快瘋了。

麥甜摸著下巴喃喃自語著：「是喔，菜刀也是一塊一塊，然後老鐵把它們打成扁扁的。關於鐵的事老鐵肯定都懂。」

「今天就說到這兒，你們可以走了。」雷先生背對著大家，揮著摺扇說著。

牛頭村的年輕小伙子、小姑娘紛紛走出涼茶亭，走下牛角尖，他們議論著方才那位雷先生，以及那些蚊子。

「雷先生有一雙好鞋子。」粗小皮對蚊子似乎不感興趣：「康亮，你看見他的鞋子沒？是非常耐穿的牛皮鞋，一個說書先生能穿這麼好、這麼貴的鞋，是個有錢人呢。」

粗小皮腦袋裡浮現背伕師傅腳上穿的草鞋、縫縫補補的布帛鞋，背伕才真的需要穿那雙十年都磨不穿的鞋來養八個孩子，但是，現實永遠是逆著走的。

「寫著英雄名字的鐵柱被打成斧頭，我心裡頭難受。」康亮說。

「康亮，那不是真的。」粗小皮說。

「這件事滿好玩的，鐵柱是不是真的打成斧頭一點都不重要。」麥甜笑著說，只有她自己明白到底在笑什麼。

「我不喜歡這個雷先生。」粗小皮說：「我覺得他有點怪怪的。」

「哪裡怪啦？」康亮不解。

「他太激動了，一副要跳進江湖重啓武勁大賽的樣子。」粗小皮說。

天空飄雨了，二十一尖山消失在雨霧中，水塘裡的鵝粗啞著嗓子叫著，清脆的打鐵聲忽遠忽近，忽而密集又忽而停頓，像正在落下的雨。

麥甜跟著粗小皮走進鞋鋪，逕自走到堆滿稻草的角落，一屁股坐下，抓起稻草就開始編織起來。

粗小皮看了看麥甜，當她專注在編織東西的時候，最好不要和她說話，她會發火的。她究竟在編什麼呢？誰知道？麥甜就是這樣，常常做一些讓人摸不著頭緒的事。

一個時辰過後，麥甜終於完成了什麼，她喜孜孜地站起來，手上拎著一把稻草編成的斧頭，在粗小皮腳邊撿來一塊破布，寫上「稻草斧頭」後，掛在草鞋牆上。

「完成啦！」麥甜拍了拍手，很滿意自己的作品。

「一把斧頭嗎？」粗小皮不明白：「稻草斧頭，中看不中用呢。」

「你說對了，這東西是做來看的，你看了心裡歡喜就行了。」麥甜蹦蹦跳跳地離開鞋鋪，跳上石階回客棧去了。

傍晚時分，懸崖頂街來了兩匹驢子，停在康家包子鋪前，粗小皮跑出來幫忙卸貨，將兩捆稻草搬進鞋鋪，這次還委託背伕買了些麻繩針線。搬完自家的貨物，他打算把一捆寫著「麥家客棧」的麻袋扛上肩，忽然又停了下來，他看見康亮扛起第三袋麵粉進屋再出來，拍著臉上和衣服上的白色麵粉。

「嘿，康亮，你媳婦兒家的貨品，你得扛。」粗小皮指著麻袋笑著說。

康亮走過去假裝揮拳，粗小皮閃過那拳頭。康亮一臉認真地說：「你再提這事我跟你翻臉。那兩個老爹喝醉酒說的話你也當真？」康亮將臉湊過去，小聲地說：「我心裡有了大芳姑娘。」

粗小皮也小聲說著：「你得入贅雷爾鎮喔。」說完便將那麻袋扛上肩，走上石階，給麥家送貨去了。

康亮愣在原地，看著遠山，心裡怨著：世界那麼大，爲什麼就要住在這前不搭鎮、後不靠城、有錢都沒地方使的牛頭村呢？

第六章　暗夜的訪客

所有的旅客都累得入睡了，走了一天古道，怎不累呢？顧客都睡了，店鋪也早早打烊，康家包子鋪也休息了，只有麥家客棧的幾間客房還亮晃著微弱的燭光。那些人已經在牛頭村待了好幾天，他們白天無所事事，啥事也沒做，所以可以在夜裡醒著。

粗小皮也還醒著，他坐在工作檯前就著油燈縫著一雙鞋，那是康亮的練功鞋。他拿出小布袋鬆開袋口，裡頭裝著皮革剩料，就是裁切皮革時剩下邊邊角角的小牛皮片。粗小皮捨不得扔掉，他將這些顏色、形狀不一的皮革小心翼翼地縫起來，縫得密密實實、牢牢靠靠的，縫妥之後也會是一塊堪用的材料呢。此刻他就用這些拼接牛皮修整康亮的練功鞋。他將鐵片縫在鞋子的側邊，如此才不會影響他的走動，送包子的時候就能順便訓練腿力。

剩下最後幾針，縫好就可以收工了。

外頭的蛙叫得多響亮，粗小皮還想著等會兒抓幾隻起來，明天煮湯。

老粗師傅走到粗小皮面前，看著他的徒兒好一會兒才緩緩地說：「小皮啊，今天有人介紹了一個十歲的學徒，過幾天會來，讓你使喚，洗衣、煮飯、打掃這些事有人幫你做了。明天開始，你就是正式的師傅了。」

粗小皮抬起頭看著老粗師傅。他聽得清清楚楚，明天他就是正式的師傅了，還有個小學徒可以使喚，粗小皮樂得嘴角慢慢地往上揚。

「也許你將來會想要有一間自己的店鋪……」

聽到這句話，剛剛嘴角上揚的帆船立即翻身跌入湖裡。

「師傅，你這是在趕我嗎？」粗小皮站了起來，眼眶紅了，聲音顫抖了：「師傅，我一點兒也不想要有自己的店鋪，我要留在這兒，我也不要錢，小學徒也不要了！師傅……你眼都花了，我留下來幫你縫釦子……」

「不要胡說，有一天你眞正的家人會來接你，他們會希望你有一間店鋪。」老粗師傅激動地說著。

「誰來我都不認，他們把我扔在門口，沒想到我可能被熊給吃了。師傅，讓我永遠留在這兒，我哪兒也不去。」粗小皮淚流滿面。

老粗師傅看著粗小皮，拉起他的衣袖擦去粗小皮臉上的淚水：「你哭什麼呢？只是來了個小學徒。別哭成那樣，沒人趕你走，你想留多久就留多久。」老粗師傅頓了一下，才繼續說：「你的手藝早就是師傅了，今天我跟很多人說了，明天粗小皮就是老粗補鞋鋪的師傅。」老粗師傅說完便走進房裡。

我是師傅了，我終於是師傅了！粗小皮努力壓抑內心的激動。他站起身，在店裡快步走來走去，激動地喃喃自語：「我是師傅了，我是師傅了。」

粗小皮將康亮的練功鞋做好，放在手上掂了掂重量，滿意地將鞋收起，將店鋪整理乾淨，關上大門走向睡房。

他翻來覆去，睡不著哪！

上次睡不著是什麼時候？……從來沒有睡不著哪！

粗小皮走出臥房，走回鞋鋪，點上油燈，縫起那些牛皮碎片。他很喜歡這些形狀不規則的碎片，把它們縫成一大塊的樣子，眞是好看，也許他可以用這塊拼接的牛皮做一雙好看的皮鞋。

完成巴掌那麼大一塊的拼接皮革後，粗小皮眼睛累了，也睏了。他心滿意足地吹熄油燈進房睡覺去了。他喜歡這樣，當他一針一線專注地工作時，他的心很快就可以安靜下來。

重新躺回床上的粗小皮，很快就睡著了。但是他才剛睡著，老遠老遠傳來牛頭村第一聲公雞啼叫，粗小皮就醒了。他眨眨眼，想到今天是他當師傅的第一天，一定要做到最好才行。他立馬掀開被子跳下床。

今天是他正式擺脫學徒成爲補鞋師傅的第一天。他很興奮也很緊張，穿上曹老闆送他的新衣服。

他給老粗師傅蒸了饅頭，備妥了辣醬後，趕緊打開店鋪大門。天還黑著呢。他拿出一雙明天才會來取的布帛鞋，這是一個背伕師傅的鞋，他每天不停行走，在塔伊鎮、牛頭村和雷爾鎮之間來來回回送貨，不知穿壞了多少雙鞋。這是他最好的一雙鞋，縫縫補補一直將就穿著。粗小皮特地爲他的鞋加強了縫線，鞋底磨薄的部分也縫了一張小牛皮，這可以讓他多跑幾趟，養活那八個孩子，就當作是送他的禮物好了。

雖然今天和昨天和前天和上個月和上上個月裡的每一天都沒什麼不同，一樣早起補鞋，打水、掃地、整理家務，但是今天起，他就是有薪水拿的師傅了，過幾天會來一個小徒兒讓他使喚。粗小皮告訴自己，千萬不能讓他太快學會，他可是超過三年九個月才成爲一個正式的補鞋師傅呢。

老粗師傅老了，雖然還有些力氣，但是眼花了，那挺糟的，他好幾次把那粗粗的縫針插進自己的手指頭裡。

一個人影來到鞋鋪門口，影子整個罩住了粗小皮。粗小皮抬起頭來，看見一個魁梧大漢全身髒汗，一臉痛苦地撩起他的長衫衣襬，將右腳跨上工作檯，露出他的小腿。粗小皮嚇得從椅子上跌了下去，那人的右小腿肚不知被什麼東西劃開了一道極深的傷口，就像老粗師傅喜歡扒開饅頭、塞進酸菜辣醬那樣大的傷口。

那漢子用顫抖的聲音說著：「快，幫我把傷口縫起來。」

「我……我……我只會補鞋，不會縫傷口。」粗小皮快哭了，那恐怖的傷口讓他快要不能呼吸。

「你就當它是一只裂開的破鞋，縫起來，快點！」那漢子一臉痛苦，咬著牙根壓低聲音說著。

粗小皮又看了那傷口一眼，接著眼前一黑，暈倒在地板上。沒多久，他被冰涼的水給潑醒了。

「縫，快點！」那人咬著牙壓低聲音說著，努力讓自己不在黑夜裡吼叫，以免吵醒其他人。

「我去叫我師傅。」粗小皮跪在地上就往屋裡爬，卻被那漢子一把拎起來放回座椅上：「快縫，否則我就扭斷你的手。」

手臂扭斷，就再也不能補鞋了呀！粗小皮嚇得淚流滿面，用顫抖的手拿起縫針。他覺得這根針太粗了，於是顫抖著手換了另一根針，手抖得太厲害拿不穩，針一直掉在地上，撿好幾次才撿起來。他看著那血淋淋又髒兮兮的傷口，不知該從哪兒下手。這人可能不慎跌落山谷，被鋒利的岩石劃開皮肉了。粗小皮想起曾經看見有人受了刀傷，老粗師傅用酒幫那人清了傷口後才塗藥。

「我想我們應該用……用水清洗一下，再用酒洗一下，再……再縫。」

「快去！」那漢子咬牙切齒地說。

粗小皮到廚房拿出水壺，再拿了瓶老粗師傅平常喝的酒，清了傷口，用顫抖的手將傷口縫起來。漢子是人哪，他也痛得發抖了，抖得挺厲害的，那漢子還掉了眼淚！粗小皮眞把那傷口當成爆開的鞋子才能將它們縫合起來，然後拿出藥膏塗上。

「把你的衣服脫下來，把傷口包起來。」漢子又低聲威脅著。

「這是新衣服，人家送我的，不可以。」粗小皮捨不得脫下這身新衣服。

「不要說這麼多廢話，快脫。」漢子不耐煩了。

今天眞是出師不利，粗小皮只好脫下他心愛的新衣服，那漢子一把搶了過去，將衣服撕成兩半，一半扔回給粗小皮，另一半將傷口給包紮起來。處理妥當後，漢子從兜裡抓了一把銀幣「啪」一聲拍在桌上：「拿去買衣服。謝謝你了。」說完跛著腳準備離開，卻在門口暈了一下，倒在大門上。

「牛下巴那兒有一間貯存木柴的柴房，你可以去那兒休息一會兒再走。那裡只有我會去。」粗小皮朝外頭指了一個方向。他把準備給老粗師傅的兩顆饅頭和辣醬包起來遞給那漢子。

「謝謝你了。」那漢子接過饅頭，跛著腳，朝著粗小皮手指的方向走去。

粗小皮這下緊張了，他穿著薄內衣，抓起被撕下的另一半新衣服擦拭地板上的血跡。千萬不要被老粗師傅看見，今天可是他當師傅的第一天哪！他擦妥了地板，收起桌上的銀兩，跑回房間打開衣櫃，將沾血的半件衣服和銀兩塞進衣櫃底層。他忽然想起老粗師傅喝的酒還沒收，顧不得穿衣服便趕緊衝回店鋪。

粗小皮跑回店裡，天色亮了，老粗師傅已經醒來站在店鋪門口。

「我想，今天怎麼這麼吵呀？怎麼？當師傅的第一天就非常了不起了？不用準備早餐了？還穿著內衣站在店門口，成何體統？」老粗師傅站在粗小皮面前吼著，他看見打開的酒瓶，這下更火大了：「你還偷喝我的酒？你眼裡到底還有沒有我這個師傅？」

粗小皮嚇壞了：「不是的，師傅，我沒有喝酒，眞的，我只是拿出來……擦一下瓶身，順便擦擦店裡的灰塵。我這就把衣服穿上，然後給您買包子去。」粗小皮收起酒瓶擺回原來的位置，快速跑回房間穿上外衣，再衝到隔壁包子店買兩顆包子回來，將辣醬倒進小碟子，端到老粗師傅面前，再去煮水沖茶。

粗小皮抹掉額頭上的汗，聽見老粗師傅還在身後叨唸著：「才第一天就這樣放肆，未來還得了！眞是。」

一切都搞定了，粗小皮終於在工作檯前坐下，開始縫補鞋子。他發現自己的手一直顫抖著，不曉得那個人是否待在柴房，還是已經走了？他最好是走了。萬一……萬一他在柴房裡死了，噢，那他的麻煩就大了。他可千萬別死啊！

不知道那漢子是好人還是壞人？他受了重傷，到底是被人砍的，還是掉下懸崖弄傷的？粗小皮覺得自己不能說出這件事，他很努力忍著，不透露半個字，尤其是面對他的好朋友康亮的時候，也絕對不能說。

才想到康亮，康亮就一邊啃著包子一邊走進店裡說：「小粗師傅，粗小皮師傅在家嗎？」康亮假裝沒有看見粗小皮，走進店鋪，在擺放鞋子的架子上一邊翻找鞋子一邊說著：「小粗師傅？你躲在鞋子裡了嗎？」

「別鬧了。我師傅在，別叫我師傅。」粗小皮看了老粗師傅一眼後小心翼翼地說。

「現在這家店有兩個師傅呀！是不是，老粗師傅？」康亮一點也不害怕老粗。

老粗懶得理康亮，將最後一口包子塞進嘴裡，抹了抹嘴，對著粗小皮說：「我要去老鐵那兒喝茶。」

「老粗師傅這下可好命了。」康亮說。

「他好命好多年啦！」麥甜蹦跳著走進鞋鋪，接著康亮的話說著。

麥甜站在大門口看著粗小皮，一臉疑惑地問：「粗小皮，今天是你的大日子，怎不穿那件新衣服？曹老闆不是送你一件藍色的衣服嗎？」粗小皮從雷爾鎮回來的隔天，就跟麥甜說了衣服的事。

粗小皮看著麥甜尷尬地傻笑著，該怎麼說那件新衣服的下場呢？

「我要幹活，不適合穿那件新衣服。」粗小皮想到整個清晨發生的事，心酸了一下。

「怎不適合呢？當師傅就要有師傅的樣子嘛！」麥甜說。

「別逼他了，那件衣服他打算約姑娘散步的時候穿的。」康亮打趣地說著。

「每一天都這樣過，穿不穿新衣服，沒關係的。」粗小皮說。

麥甜拿出一個小布包遞給粗小皮：「今天起你當師傅了，我也有東西送你。」

「怎麼好意思讓你送東西。」粗小皮接過小布包後，立刻打開來看。康亮和老粗師傅也湊過來瞧著。是一件用稻草編織、比巴掌還大一些的工作圍裙。所有人都大笑起來，麥甜也跟著笑。

「謝謝你，麥甜。」粗小皮把這件工作圍裙掛在草鞋牆上：「我永遠都會記得這一天的。」

「滿好看的，手工很細呢！」老粗師傅也覺得好玩。

衙門捕快顧三和尙鋒帶著另一名新來的捕快拿著一疊人像，往每家店門口貼上一張。他們朝鞋鋪大門用力貼上，並且大聲叫嚷著：「逃犯，通報有賞。」

「這是岳林，新來的捕快。」尙鋒向鞋鋪裡的人介紹著。

「請多多指教。」岳林拱手向每個人致意。

顧三對著粗小皮說：「恭喜小粗師傅榮升，如果見到逃犯通報，獎金加倍。」

粗小皮看著畫像，苗天準，這人一頭亂髮垂到肩膀，蓄著筷子般長的鬍子，左邊眉毛中間有一道小小的刀疤。粗小皮見到那刀疤，一顆心立即噗通噗通亂跳起來，臉頰開始發熱。這苗天準不就是那個人嗎？粗小皮一緊張，突然被自己的口水嗆到，嗆咳了好一會兒。

「這傢伙幹了什麼壞事？」麥甜問。

「搶劫殺人。」尙鋒說。

「小粗師傅別害怕，這人雖是逃犯，但不是個見人就殺的惡徒。」尚鋒補充說明。

顧三、尙鋒和岳林離開鞋鋪繼續貼告示去了。

「這傢伙一看就是江湖中人。」康亮看著畫像激動地說：「咱們這牛頭村有多久沒見到江湖人了？」

「什麼江湖人，這人是個逃犯。」麥甜不屑地說。

「我看見了，你家客棧住進好多江湖人，他們整天閒閒沒事幹，在村子裡走來走去。你有聽到他們都在談論什麼嗎？」康亮神祕兮兮地小聲問著。

「誰知道他們在說啥呀？他們又沒請我坐下聽。」麥甜沒好氣地說。

「感覺有大事發生了，你怎麼一點兒也不關心？」康亮抱怨起來。

「你中江湖的毒太深了，得找個人在背後給你一掌，逼出你體內的毒氣，才能還給康大叔一個正常的兒子。」麥甜說完，走回自家客棧去了。

粗小皮神色慌張地站起來：「我得去取些柴火回來。」

「我也得去揉麵團了，等會兒還要去送包子。怎麼這麼多活兒要幹啊？」康亮走回包子鋪忙活去了。

粗小皮才走出大門兩步，就被田貴和艾吉叫住：「小師弟，等一等你要去哪兒呀？」

「去……去……去拿些木柴回來。」粗小皮心虛地說著。

「拿柴火嘛！不急，來，坐下坐下。」田貴將粗小皮拉回鋪裡，將他按在椅子上坐下，將手上的布包交到粗小皮手中：「小師弟成就了，今天起是師傅了，我親手為你縫了一件牛皮圍裙，你會需要的。」

「謝謝大師兄……」粗小皮握著牛皮圍裙感動得眼眶都紅了，那是一張特別好的牛皮哪！

「恭喜小師弟成爲師傅，從今以後是個大人了。這是我特地爲你準備的一套工具，很適合你帶著出門。」艾吉將工具組交到粗小皮手上。

這下粗小皮感動得哭了起來，那是一組特別好的外出用工具組啊！

二師兄艾吉還送粗小皮一壺酒：「你是個師傅了，有空的時候可以偷喝一口。噓，別讓師傅知道。」

老粗師傅站在門邊聽到三個徒弟的對話，心裡感覺特別安慰，這三個徒弟可以這樣如手足般相處，多好的一件事啊！他索性躲進包子鋪裡，不破壞這氣氛了。

田貴和艾吉走後，粗小皮將禮物收好，提了一壺水，撕下貼在門上的緝拿逃犯告示，向柴房跑去。

第七章 偷來的東西我不要！

牛頭村的冬天很冷，有時還會下雪，老粗師傅在懸崖頂街街尾距懸崖不遠的地方蓋了一棟柴房，堆放平日採集的木柴，以備冬天來臨時有足夠木柴可以使用。這個柴房通常只有粗小皮在進出。

粗小皮推開柴房木門，木門發出唧唧嘎嘎的響聲。

「你在嗎？是我。」粗小皮壓低聲音說著，彷彿擔心吵醒正在熟睡的人。

漆黑的柴房傳來虛弱的呻吟聲。

粗小皮看見那人滿頭大汗地躺在地上，受傷的腿腫成兩倍大。粗小皮又害怕得顫抖了起來，這人看起來快要死了。他抖著手將水壺拿到那人嘴邊，讓他喝些水。那人喝了幾口，喃喃說句：「謝謝。」

粗小皮蹲在一旁，不知該拿這人怎麼辦！

那人忽然勉強坐起身，又喝幾口水，有了一些精神。他對粗小皮說：「我傷成這樣，就快死了。」

粗小皮把逃犯畫像讓那人看了：「你是苗天準。大家都在找你。」

「你怎麼不把我交出去？」苗天準看著粗小皮半瞇著眼說。

「我不確定你是不是苗天準。」

「這下確定了？」

「確定了也不用把一個快死的人交出去。」

「我死在這柴房你的麻煩就更大了。」

粗小皮這下著急了：「你可以爬出去到外邊死嗎？」

「我不想爬。我堂堂苗天準，如果不能走了，就不走了，絕對不爬。」

「要不，我請簡植大捕頭來，他們會給你治病，你就不會死了。」

那人從喉嚨深處發出兩聲冷笑後，說：「我橫豎都會死。你是個好孩子，我要告訴你，我是個壞人，但我使不了壞了，在死之前，我想做個好人。我接下來要說的話，你要記住了，你得去提醒簡大捕頭，外邊已經有傳言：『江湖要再起，簡植大捕頭得先死！』我就是其中一個要殺他的人。」

江湖要再起，簡植大捕頭得先死？

這句話讓粗小皮緊張了：「你爲什麼要殺他？」

「他壞了江湖的規矩，我看他不順眼。他砍斷了許多人的英雄夢，包括我的。」

「你得自己去跟他說，讓他提防，我這補鞋匠的話沒人相信。」粗小皮想拉他起來，卻半點也拉不動。

「你有酒嗎？可以弄壺酒給我嗎？」那人眼巴巴地看著粗小皮。

「都這個樣子了還想著喝酒！」

「我就快死了，給我一壺酒我可以死得更痛快。求你了。」

「我是有壺酒，剛剛才拿到的，那是我二師兄送我當賀禮的。」粗小皮心裡有點兒捨不得。

「你做了什麼有人要送你賀禮？」那人閉著眼睛虛弱地說著。

「我今天當師傅了，過幾天會有個小學徒來讓我使喚。」粗小皮得意地說著。

那人睜開了眼，眼裡布滿了血絲。他的嘴角揚起一抹微笑：「我不會辜負你那壺酒的，小師傅。」

粗小皮看著這個就要死的可憐人，他人生的最後一個時辰想喝壺酒，就成全他吧！酒任何時候買就有了，雖然二師兄送的酒意義上不同，他相信二師兄會理解的。

「你等會兒，我回去拿。如果我師傅在，可能會耽擱些時候，我回來之前你可千萬別死啊！」

「嗯，我一定會等到你的酒來了，喝下肚，才死。」那人又閉上眼睛。

粗小皮手上抱著幾根木柴，假裝鎮定地走出柴房，外頭沒半個人影，他快步走回鞋鋪。鞋鋪裡也沒人，老粗師傅在打鐵鋪喝茶吧！粗小皮把苗天準的通緝畫像貼回大門板上，接著一把將二師兄送的那壺酒抱在懷裡，又衝回柴房。

粗小皮搖醒了那人：「酒來了。」

那人睜開眼睛，吃力地盤坐起來，調整呼吸。

「你是江湖中人，有武功是吧！有武功怎麼會讓自己摔落懸崖呢？」

「夜很黑，我以為走夜路比較安全，沒想到有一隻龐大的熊還是什麼動物，黑呼呼的，杵在古道上。我撞上牠了，連思考自己撞倒什麼鬼東西的時間都沒有，那傢伙一掌就把我打下懸崖……」苗天準接著狂笑起來：「哈哈哈……哈哈哈……什麼江湖啊，功夫啊，我們自認天下無敵的武功在這些動物面前，算什麼東西！哈哈哈……」他又冷笑了幾次，冷冷地看著粗小皮，感慨地說：「我這一生啊，除了我的家人，不會有人記得我，也許他們也把我忘了。但我敢保證你一輩子都忘不了我。」

那人盤起腿，調和自己的呼吸。好一會兒後，精神看起來恢復了許多。「我要送你一個東西，很有用的東西。這東西從一個老大夫那兒搶來的。我說過，我是個壞人，我本來要自己用，唉，一生追逐，到頭來一場空啊！這東西不用也浪費了，就送你吧！」

「搶來的東西我不要。」粗小皮想到自己在雷爾鎮被搶的經驗，忿忿地扭過頭去，看見地上有一條綑綁木柴的麻繩。他撿起麻繩，想將苗天準綑起來拖到衙門去。他才拿起繩子，那人一把搶走繩子在手裡揉了幾下，張開手，繩子全變成碎片。

「不是要死了，還有這麼大力氣？」粗小皮簡直看傻了眼，覺得自己被騙了。他憤怒地說著：「你真的是個壞人，居然搶人家東西，該不會還把人打死了吧？」

「失手啊，我無意傷他，他抓狂似地撲過來，我只是把他推開。」

「把人家弄死了，就要賠人家一命。」

「天意，我很快就會到陰曹地府向他賠不是了。」

苗天準從兜裡拿出一瓶黑色、約三根指頭般大的小罐子。他拔掉木塞蓋，倒了些灰色粉末在自己掌心，接著將粉末全倒進嘴裡，端起酒瓶灌下一大口，嚥下。接著，他用右手強行扣住粗小皮的臉頰，讓他張開嘴巴，把小罐子裡剩下的藥粉全倒進粗小皮嘴裡，再將酒強灌進去，粗小皮嗆咳得眼淚鼻涕流了滿臉。

「這東西叫做『貫通散』，毒不死你的，你得先吃下它，讓你整個身體從頭到腳都準備好，才能收下等會兒我要給你的東西。」

「聽不懂你在說什麼，我不要你給的任何東西！」粗小皮一邊擦掉臉上的眼淚和口水一邊叫罵。

「別嫌棄這東西，他留在我身上，會跟著我埋進土裡，送給你，你可以用它去江湖上做些好事。」苗天準冷笑了幾聲：「呵呵，我為這東西死，你卻因為這東西再生。」苗天準緩緩說著：「等會兒你的身體會發熱，你會感覺有把火在燃燒。不要擔心也不要害怕，你不會有事。」

苗天準拿出一封信遞給粗小皮：「我只有一個請求，這封信你先幫我收著，來日有機會到東大城，就去北邊城門尾端一棟木頭搭蓋的房子，屋頂是紅色的，左邊門柱上刻有兩隻兔子，那裡是我的家。屋裡有個孩子小名就叫兔子，你把這封信交給他。先謝謝你了。你不用告訴任何人你遇見過我，因爲等會兒我會自己消失，不會有任何人知道你曾經見過我。」

粗小皮氣還沒消，他揮手把信打進柴堆裡，大聲說著：「我不會去什麼東大城天那麼遠的地方！我告訴你，偷來的東西我絕對不要，我要吐出來！」

粗小皮話才說完，一股火燙的熱氣從他的胸口爆射出來，接著他的頭、他的身體、他的手和腳全都感覺燃燒了起來！粗小皮痛苦萬分，咬著牙忍住不叫出聲。苗天準將粗小皮拉到面前坐下，脫掉他的鞋和自己的鞋，將自己的腳底貼著粗小皮的腳底，兩手握住粗小皮的手，將生命最後一股力量透過那燃燒的熱氣送進粗小皮的身體裡。

粗小皮感覺自己的身體被一股火熱的大氣衝撞著，他覺得自己不能呼吸了，他要死了，他後悔給那逃犯送水送酒，他對他那麼好，他卻想弄死他！

「你這個大壞蛋，我應該把你的嘴縫起來而不是縫你的傷口。我給你弄吃的，你竟然這樣對我，你想殺我滅口……啊……」粗小皮再也承受不住大叫一聲後，癱倒在地，昏了過去。

兩天後的午時，粗小皮睜開眼睛，躺在自己的床上，身邊圍繞著老粗師傅、康亮、康亮他娘、麥甜、二師兄。他們面露喜色地看著他。

「你們這麼看著我幹嘛呢？是怎麼回事呢？」粗小皮說話了，他覺得自己的聲音好像變粗了。

「小師弟，你終於醒了。」艾吉語調溫柔地說。

「粗小皮，你昏睡了兩天，我們以為你就要死了。」康亮眼眶有點紅。

「我們到處找你，都找不著，康亮想起你說要去拿柴火，才看見你昏倒在柴房。」麥甜說。

「你發燒，全身滾燙，大夫來了，你的燒就自己退了。」康亮他娘說。

粗小皮想起所有的事了，他很高興自己還活著，看著大家嘴角露出微笑。

「想喝酒也不用躲在柴房喝呀！你一下喝太多，醉倒在那兒，受涼了。」艾吉說。

「你被誰打了嗎？地上有血，卻不見你身上有傷。發生什麼事了？」康亮充滿義氣地說著：「誰打了你，告訴我，我揍他去。」

「不就一隻老鼠嘛！」粗小皮痛恨自己必須說這個小謊。

「沒事就好，沒事就好，我給你燉了碗雞湯，喝了它補補身子。」康亮他娘端來一碗雞湯。

粗小皮除了餓，聲音變粗之外，身體沒其他不適。喝了雞湯後，已經可以下床了。大家要他躺在床上多休息，他就是要下床：「病人才躺床，我沒事了嘛！」

麥甜趁老粗離開粗小皮房間後，小聲在他耳邊說：「我告訴你，這兩天老粗師傅可著急了，整天坐在床邊握著你的手，還哭了！我從沒見老粗師傅哭過，就這回。」

老粗師傅因爲他昏迷不醒而哭了！粗小皮聽完也想哭，讓師傅擔心了。

「唉呀，老余要來取鞋，我都還沒補呢！」粗小皮猛地從床上坐起，雙手撐住床沿一個彈跳俐落下床。

「你的二師兄艾吉已經幫你補完所有的鞋了。」康亮說。

「小事一件，補鞋嘛！我拿手的！」艾吉笑著說。

「你還沒好呢，多休息兩天再去工作。」康亮他娘慌得拉住粗小皮。

「睡了兩天，眞夠久的，我已經好了呀。」粗小皮拍拍胸口手腳，精神奕奕地說。他覺得神奇，經歷那身體被撕裂焚燒般炙熱的痛苦，他居然還活著，而且現在身體竟然處在前所未有的輕鬆自在又輕盈舒適的狀態。

「他下床的那個勁兒，看起來是沒事了。」麥甜說。

一群人陪著粗小皮穿過長廊來到鞋鋪。

粗小皮一眼就看見掛草鞋的那面牆掛滿了草鞋，有二十雙吧！

「師傅，您打這麼多草鞋……」粗小皮驚訝極了。

「你昏迷的時候，老粗師傅把打草鞋的那些傢伙搬到你房裡，整夜不睡打草鞋打出來的。」麥甜搶在老粗開口之前說了：「我每過來一次，牆上就多一雙鞋。」

「你聽她胡說，牆上掛滿鞋子，才好看，買鞋的人選擇多。」老粗一時慌了手腳，指著鞋牆說著。

大夥兒待在鞋鋪又聊了些時候，才各自離去。老粗師傅從頭到尾坐在小圓桌晃著蹺起的右腿抽著菸斗，若有所思地望著外頭的石子路。

粗小皮開始整理店鋪，清點材料，寫下需要添購的東西：藺草、稻草和黃麻繩要補貨了。還有哪些待補的鞋？

他做著這些事，腦袋裡卻想著那個說自己快死了的苗天準，衙門肯定還沒發現他，發現了還不說嗎？那張緝拿的告示還貼在門上，畫像裡的苗天準正看著他。他去哪兒了？還活著嗎？那封信？信還在柴房嗎？粗小皮衝出店鋪，朝柴房跑去。推開柴房，四處翻找。信還壓在木柴底下，他鬆了口氣，將信塞進腰間的兜裡。要將整件事告訴簡大捕頭嗎？要告訴他那句江湖傳言「江湖要再起，簡植大捕頭得先死！」嗎？簡大捕頭一定會問是從哪裡聽來這句話的，又該怎麼回答？照實回答，這一切都是被逼著做的，將苗天準藏匿在柴房，是因爲他傷得很重就快要死了。那個藥粉的事要不要說呢？他被迫吞下搶來的東西，怎麼跟那位死去的老大夫交代？但這些事情，都沒有簡大捕頭的生死重要吧！

就這麼辦，去衙門說出一切，簡植大捕頭不能死。

粗小皮走出柴房，走進店鋪，想跟老粗師傅說一聲，卻見康亮手上拿著逃犯的畫像跟進了店鋪：「你知道你昏睡的那兩天發生什麼事嗎？」

「發生什麼事？」粗小皮心跳猛地加速，難道抓到苗天準了嗎？

「大事。你被發現的隔天一早，簡大捕頭打開衙門大門，就看見這逃犯盤坐在大門口，氣絕多時。我們都猜，大概是你被發現的那天半夜他就來到衙門口，坐下，然後等死，他知道自己要死了。傷成那樣，怎能不死呢！他手上握著一根木柴，木柴上用木炭寫著：『江湖要再起，簡植大捕頭得先死！』」

粗小皮很震驚，他摸了一下兜裡的信，那人爲了不讓自己惹上麻煩，選擇這樣的方式，算是自行投案，這案子就了結了。

康亮拍了一下手掌：「這人是個漢子，就算他是個逃犯，死前還留下點人的義氣。」

「這人做了什麼被通緝？」粗小皮問。

「在東大城搶了一家中藥材料店，把店裡的老大夫給打死了，逃到塔伊鎮。不知爲什麼滿身是傷出現在牛頭村？」康亮說。

那人強迫他吞下的灰色藥粉就是從中藥店搶的東西吧。他怎麼想不起來那東西叫什麼？粗小皮拍拍自己胸口、手腳和腦袋，吃下那東西後，身體也沒多長一隻胳臂或一條腿呀，沒變笨也沒變聰明，這個苗天準搶來做什麼呢？

算了，人還活著就好。

「牛頭村有大麻煩了，江湖要再起，簡植大捕頭得先死！」康亮一臉憂愁地說：「我們全部的人必須保護好我們的簡大捕頭。有人要高升他到塔伊鎮當鎮長，他不去，他說家在牛頭村，哪兒也不去。但現在有人要他的命。我爹說，十幾年前被大捕頭送進監獄的那些人陸陸續續出獄，尋仇來了。」

「簡大捕頭也不是好惹的。」粗小皮說。

「你昏倒不醒人事的時候，我以爲你就要死了，差一點沒機會告訴你。」康亮微笑著說：「你幫我做的練功鞋眞是太好穿了。我每天都穿著去送包子。」

「那就好。以後如果你學會了飛簷走壁，要記得謝我。」粗小皮說。

「那肯定是。」

粗小皮看著門上的苗天準畫像，他說到做到。他說不會給他找麻煩，自己跑到衙門送死。沒有人將自己昏倒在柴房和苗天準死在衙門口這兩件事串在一起。這個苗天準搶奪中藥店只爲了得到那藥粉，但那藥粉現在在自己體內，自己算不算幫兇呢？但這也不是他願意的呀！如果可以吐出來拿去陽光下曬成粉末還給人家，那他會毫不猶豫地把胃翻過來。

粗小皮撕下貼在門上的緝拿告示，折成一個小方塊，和那封信放在一起。苗天準肯定是被什麼江湖謠言騙了，費盡心思搶了這沒什麼用的藥粉，還因此坐牢，最後喪命，眞不値。

第八章 半邊兒的故事

天黑之前，小學徒來了，和他的娘站在門口。

小學徒是個眼神閃著憤怒的瘦小子。衣服陳舊，一眼數過去就有三個補丁。全身上下只有頭巾是新的，昨天入境隨俗先去剃了個大光頭，綁上一條藍色的小頭巾。

「謝謝老粗師傅，謝謝小粗師傅，這小浩子就麻煩你們了。不聽話就打，沒關係，這孩子又皮又懶。」小浩子啥事也沒做，只是杵在那兒，他娘就先朝小浩子臉上賞了一巴掌。

「行行行，沒做錯事別打他。」老粗師傅伸手阻止：「你今天就先和小浩子在這裡住一晚，明天上午再回去吧！」

「你得好好聽話，人家叫你做啥你就做啥，聽到沒有？」小浩子他娘又伸出手來卻被粗小皮擋下了。

「大娘別著急，學徒有學徒的規矩，我們會慢慢教他的。」粗小皮轉頭對小浩子說：「走吧！我先帶你去你的房間換些衣服。走這麼遠的路，你們先休息一下。」

小浩子始終沒說過半句話，他睜著大眼忿忿地看著他娘、老粗師傅和粗小皮。

「你會說話吧！」粗小皮問著。

小浩子依然不說話。

「你吭一聲呀！」小浩子他娘又朝兒子的頭揮過去一掌，把小頭巾都打飛在地上。

「大娘，你再這樣就要請你出去了。」粗小皮撿起小浩子的頭巾準備幫他戴上，小浩子不領情一把搶過去，自己戴上。

「我這兒子脾氣就是倔。」小浩子他娘氣呼呼地說。

「我不要補鞋。」小浩子終於說句話了。

「你給我留在這兒補鞋！學會補鞋將來才有飯吃。」小浩子他娘尖著嗓門說著。

「我就是不要補鞋，沒出息才補人家的臭鞋。」小浩子忿忿不平、氣鼓鼓地說著：「我都沒答應要補鞋，你就把我抓去剃頭，光頭醜死了。」

這下惹惱老粗師傅了，他站起來，揮了揮手：「小皮，給他們在柴房鋪張草席，拿床被子，讓他們在那兒睡一晚，明早兩個人都回塔伊鎮去吧！我們不要這個小學徒。」

老粗師傅話才剛說完，小浩子他娘抬起雙手劈哩啪啦就朝兒子身上一陣亂打。「你這個兔崽子，我求人家求了多久，人家才幫我們問到這個學徒空缺，你就這樣把它給糟蹋了。你不補鞋，將來去挑糞好了。」

粗小皮拿了草席和棉被，還到隔壁買了幾顆包子，把小浩子和他娘帶到柴房。小浩子他娘的嘴巴沒停過咒罵小浩子。

粗小皮回到鞋鋪後，老粗師傅對他說：「小皮啊，切記，這學徒啊，我們是要找一個有用的幫手，可不是找一個倔小子來哄的。」

「我知道了，師傅。」粗小皮說。

第二天一早，粗小皮在工作檯前縫鞋子，聽見腳步聲走過石頭路，一抬眼彷彿看見小浩子他娘剛剛從門口走過去。粗小皮原想起身去送行，但又想這大娘脾氣差又沒禮貌，要走連聲招呼都不打，別去招惹她，走了算了。

老粗師傅和粗小皮兩個男人，早餐、午餐總是幾個包子就打發了。老粗師傅好伺候，只要有酸菜炒辣醬，沾大餅、包子、麵條，不管什麼只要有辣醬就都好吃。

正午，幾乎沒客人，趕路的已經出發了，正趕來的還沒到，粗小皮都趁這個時間外出採買或是砍柴。他在腰間綁了把配刀，背起籮筐上十三尖山去砍柴。

經過牛角尖的涼茶亭時，他看見魯赫獨自站在鐵柱前看著鐵柱上的名字。

魯赫聽見腳步聲，轉頭看見粗小皮，臉上立即展開微笑：「嘿，小師傅，聽說你昏迷了兩天，現在身體好多了嗎？」

「好多了，謝謝關心。」粗小皮很訝異，竟然連魯赫都知道他昏倒的事，這牛頭村也太小了吧！

粗小皮往前走了幾步又停下來，轉過身去看著魯赫，問著：「魯先生對這根鐵柱好像特別感興趣？」

魯赫帶著微笑看著粗小皮：「我對消失的那根鐵柱比較感興趣。」

粗小皮沒有回話，最近對消失的鐵柱感興趣的人都不懷好意。

「你們牛頭村人怎麼看這根鐵柱呢？」

「大家都說鐵柱有兩根，但是我們從小只看見這根。刻在上面的每一個名字都讓我們尊敬，他們是眞英雄。」

魯赫輕輕地點著頭，點了好幾下：「嗯，他們的確是犧牲了。我認爲簡大捕頭要拔掉另一根鐵柱，就必須連這根也一併拔除。你不能把一段歷史只說半邊兒，留著這根鐵柱就是只說半邊兒的故事，不完整。你知道另外半邊兒的故事嗎？」

粗小皮看著魯赫，猶豫著要不要說出另外半邊兒的故事，但是腦袋裡浮現的另外半邊故事是模糊的。他忽然決定不要說，好久沒聽人說起了，故事也忘得差不多；說得支離破碎，不如不說。

「你可能也發現了，這些天，牛頭村來了很多人，是爲了那半邊兒的故事來的。那半邊兒的故事是鄉愁啊！無論如何都得回來把那半邊兒的故事說完。」魯赫的聲音裡充滿了憂傷。

粗小皮不知道該說什麼，只好告辭：「您慢慢看，我得去砍柴了。」

粗小皮一抬眼看見十三尖山尖頂上圈著一朵白雲，十三尖山戴帽子了。

「魯先生，別理那半邊兒的故事了，你看，十三尖山戴帽子了，這是難得的奇景呢。」粗小皮說完便走下斜坡，拐進右邊彎道進入尖山的叢林裡。他想著魯赫說的話滿有道理的，是應該把兩根鐵柱都拔掉，就不會招惹一些人大老遠到牛頭村來找那半邊兒的故事。

在樹林子裡悠閒漫步，真是舒服，風吹過樹林的沙沙唆唆聲，雙腳踩在落葉上的聲音，鳥叫蟲鳴聲，好聽到讓人打心底舒暢。如果可以在山裡遇見紫嚕嚕獸就太好了。要發現那獸，得先知道牠的生活習性才能找到吧！比如說，牠都住在山洞裡，粗小皮知道十三尖山所有山洞的位置；或者牠喜歡水澤，喜歡吃水草，粗小皮也知道山裡那裡有鮮嫩的水草。但是，人們對紫嚕嚕獸一無所知，第一個抓到獸的人什麼也不願透露。要抓到那獸需要很大的運氣，也許是你剛好往這條古道走著，而那獸也剛好往你這兒來，需要這種運氣。看見獸從對面走來，你還需要一些本事，比如跳得很高，然後降落到獸的頭上，然後一掌把那獸擊暈……

想到這裡，粗小皮覺得自己根本就是腦袋被燒壞了才會這麼想，這胡思亂想實在太可笑了。粗小皮忍不住大笑幾聲，自己連一隻狗都打不贏，居然幻想一掌擊敗那根本不存在的獸。不過，他還是提醒自己，遇見那獸時，一定要趕緊逃跑。

背上的籮筐已經裝滿木柴，粗小皮本想轉身回家，卻臨時決定走向岩石區，爬上最高的那塊岩石躺著吹一下風，他和康亮常常那樣做。粗小皮走出林子，走向岩石區，卸下背上的籮筐，爬上最高的那塊石頭。他伸了一個大懶腰後，躺在石頭上，瞇著眼享受陽光溫柔的照射，才躺一會兒，粗小皮整個人就彈了起來。哇！這石頭被太陽曬得好燙呀，躺在那兒簡直就是烤人肉了。粗小皮轉身準備離開大石頭，他被眼前站著的一隻獸嚇得動彈不得。

粗小皮的身體因爲太激動而微微顫抖著。

那是紫嚕嚕獸。

那眞的是紫嚕嚕獸。

那眞的是美麗的紫嚕嚕獸。

世界上的確有紫嚕嚕獸。

牠就站在前方大約十步遠的地方，只要往前走幾步用頭頂過來，他就會被撞飛出去。怎麼辦？牠這麼龐大，爲何走起路來無聲無息？不可能沒有發出聲響吧，除非，牠本來就在那裡，一直在那裡，是他沒發現牠就逕自爬上大石頭……

極有可能是這樣。

紫嚕嚕獸就像六頭牛疊起來這麼高大，頭上有兩根尖角，紫紅色的外皮上有不規則黑色斑塊，背部有幾撮長長的毛髮，四肢粗壯，頭特別大，不確定有沒有尾巴。

粗小皮對自己的異常冷靜感到詫異。他冷靜地分析，現在要逃跑應該來不及了，或者就站在石頭上，牠這麼巨大應該爬不上來……牠頭上有角，那角就是牠的武器，如果獸跑過來用頭頂他，他就後退兩步然後整個人趴在石頭上，那獸的頭可能會撞上石頭暈倒……他就可以逮到牠了。

粗小皮心裡嘲笑自己，那獸看起來可不是個笨蛋啊！

紫嚕嚕獸從鼻孔裡噴氣，牠的右前腳開始重重踏著地面，這是攻擊的前奏。粗小皮這下緊張了，該怎麼辦呢？牠看起來要發動攻擊了！

粗小皮眼角餘光看到腳邊有顆拳頭大的石頭，他才移動一下他的腳，紫嚕嚕獸立即朝著粗小皮的方向衝過去。粗小皮因爲緊張過度，感受到體內正在醞釀一股滾燙的力量，他不知道那股力量從何而來，只知道那力量即將爆發了。

就在那獸衝過來壓低牠的頭撞向粗小皮的時候，粗小皮快速撿起石頭，一蹬腳整個人立即彈飛，接著降落在獸的背上，同時高高舉起手上石頭往那獸的腦門擊打下去，卻在最後一秒瞬間收住那致命的一擊。

怎麼能攻擊這麼美麗的獸呢？

從來沒聽說這獸跑到人類的村子攻擊人，但牠剛剛衝過來不就是要攻擊嗎？那也許是因爲自己的移動，讓它感受到威脅了。

人怎麼忍心打死這麼美麗的獸，只爲了取下牠的皮去做鞋底呢？粗小皮想著，我寧願一輩子打赤腳，也不穿你的獸皮做成的鞋。

那獸用力扭動牠的身體，想把背上的粗小皮甩下來。粗小皮抓著獸頭上的角，拍拍牠身上的硬皮，還叩叩叩地敲了好幾下，果真硬得不得了。他還溫柔地用手順了牠背上的毛髮。

粗小皮雙腳一蹬，跳回到大石頭上，扔掉手上的石頭。那獸怒瞪著粗小皮，粗小皮也看著獸，他們就這樣相互注視了好一會兒。粗小皮看見那獸眼裡的憤怒慢慢減退，最後望著他的是一雙柔和的雙眼。紫嚕嚕獸眨了兩下眼睛，轉動牠龐大的身軀，走過岩石區，走進更深的叢林。

走吧！走遠一點，永遠不要再來這裡。

粗小皮知道苗天準送他的東西是什麼了，那是一種非凡的能量，讓他的身體充滿爆發力的能量。雖然那是偷來的，但他是被迫接受了這東西，他還滿喜歡這感覺的。以前上山砍柴，裝滿木頭的籮筐總是壓彎他的腰，但今天，他完全感覺不到背上的重量，那東西讓他變強壯了。

粗小皮邊走邊開心地笑著，忽然想到這東西是偷來的，又立刻收起笑容，羞愧地紅了臉。他得謙卑、得低調才行，否則會像雷先生的朋友萬興被蚊子捉弄一樣，被這東西給捉弄了。

粗小皮重新背上籮筐，腳步輕鬆地漫步回家。他在心裡盤算著要如何告訴康亮和麥甜，他們會驚訝到連下巴都掉下來。

粗小皮背著裝滿木頭的籮筐走上涼茶亭，魯赫已經離開了。他走下牛角尖，特地站在衙門口探頭看一眼，簡植大捕頭坐在桌前辦公。簡大捕頭看見粗小皮，笑著問他：

「小粗師傅，有事嗎？」

「沒事，沒事，看你好不好？」粗小皮傻笑著問：「今天好不好呢？」

簡植雙手抱胸，笑笑看著粗小皮說：「今天爲什麼這麼關心我好不好？」

「村裡來了很多陌生人喔。」粗小皮提醒著。

「我知道。」簡植點點頭，依然微笑著。

「那就好。」粗小皮這才放心地離開衙門走回補鞋鋪，希望簡大捕頭已經明白自己現在的處境。

嘿，前面那是誰呢？疊得老高、裝著熱騰騰包子的蒸籠，像長了腳似地飛快走著。

一、二、三、四、五……十一、十二籠，好傢伙，又往上加了一籠。

「讓讓，讓讓。」康亮一邊走一邊嚷著。

「我這不是讓了嘛！」粗小皮打趣地說著。

「嘿，粗小皮。」康亮從蒸籠後方探出頭來：「你要不要試試？」

「捧蒸籠？」

「是啊！」

「千萬不要，打翻了沒銀子賠哪！」

「打翻了算我的，快試試。」

「不試了。」粗小皮壓低聲音對康亮說：「我要告訴你一件事，我在山裡看見紫嚕嚕獸了。」

康亮看著粗小皮，臉上沒有驚訝，他用同情的眼神看著粗小皮：「你要不要再去給大夫看一下？」

「我幹嘛去看大夫？」

康亮雙手捧著蒸籠，空不出手來摸粗小皮的額頭，只好將頭靠過去：「你的頭靠過來一下。」粗小皮將頭靠過去，康亮用額頭碰了碰粗小皮的額頭後說：「沒發燒呀！不過，粗小皮，你的腦子可能在發高燒的時候燒壞了。世界上沒有紫嚕嚕獸，大芳姑娘其實被騙了，她拿出來的那塊獸皮是假的，商人編出來騙她用高價買下的。」

「你不信？」粗小皮很驚訝。

「紫嚕嚕獸是虛構的，那是你的幻想。我先去送包子啊。」康亮捧著蒸籠走了。

看著康亮離去的背影，粗小皮打定主意不告訴任何人他身體上的變化，也不說他遇見紫嚕嚕獸了。不告訴任何人，讓大家繼續以爲那獸只是傳說。

粗小皮走著走著，想到自己擁有的能力，激動地踢走地上的一顆石頭，石頭竟然被他踢到天邊那麼遠！他有些嚇到了，這能力究竟有多強大呢？他忽然感到有點害怕。

粗小皮將木柴背到柴房，一推開門，看見小浩子被綁在柱子上，臉頰有淚痕。他哭累了，睡著了。小浩子他娘眞是太可惡了，就這樣把孩子扔下自己跑掉，如果他沒去砍柴，這孩子豈不要餓死在柴房裡？

粗小皮解開小浩子身上的繩索，把他搖醒。小浩子醒來後，四處找娘：「我娘呢？」

「走了。」

小浩子又哭了一下，然後用髒兮兮的袖子擦掉眼淚，抬腿就要跑，被粗小皮一把揪住，拽到鞋鋪。「我必須提醒你，這時間不適合上路，你還沒回到塔伊鎮，天就黑了。古道上有野獸、強盜、拐賣孩子的壞人。」

小浩子不聽勸，執意要走，他想甩開粗小皮的手，卻被緊緊攥著。

「你不信啊，等等，我找隔壁賣包子的來作證。」粗小皮拉著小浩子來到康家包子鋪，康亮他娘正在揉麵團，他大聲叫著：「康大嬸，可以請你作證嗎？」

康亮他娘滿手都是麵粉，走到店門口問著：「啥事啊？」

「這小子被他媽拽來當學徒，他嫌鞋臭不要補鞋，但是他娘溜走了，把他綁在我家柴房。現在他要走了，請你來作證，萬一這小子被猛獸咬了、被拐賣孩子的壞人抓走了，不要說我們不管他，是他自己要走的。」

「好，沒問題。」康亮他娘仰著下巴看著小浩子說：「我看著咩！你可以放手了。」

粗小皮鬆開小浩子的手。

小浩子走也不是，路上有猛獸、壞人哪！留也不是，他一點也不喜歡補鞋子。

三個人就這麼看著，直到老粗師傅走過來說：「這小子怎麼還在這兒？他娘不是已經走了嗎？」

「他被綁在柴房。」粗小皮說。

「看來這小子沒膽量走。我去做包子了。」康亮他娘忙得很，做不完的包子。

「你要走，還是留下？」老粗師傅表情嚴肅地問著。

補鞋好過挑糞是吧！小浩子不甘不願地點了點頭。

「點頭是什麼意思？用說的！」老粗師傅粗著嗓門問。

「留下。」小浩子瑟縮地說著。

「你知道學徒都要做些什麼事吧？」老粗師傅又問。

「嗯，掃地、洗衣、煮飯、挑柴，我娘說的。」小浩子說。

「你那倔脾氣我很不喜歡。你若在這兒給我耍那倔脾氣，立刻就給我滾出這個門，聽清楚沒？」老粗師傅的表情挺嚇人，小浩子動也不敢動一下地猛點頭。

「點頭是什麼意思？用說的！」老粗師傅又吼了起來。

「聽……聽清楚了。」

小浩子結結巴巴地回答。

「還有，小粗師傅是你眞正的師傅，他說的話你都得聽，時間到了，他自然會教你補鞋手藝。」老粗師傅補充說明：「這鞋鋪，小粗師傅說了算，你聽懂沒？」

「聽懂了。」小浩子不敢點頭了。小浩子的肚子咕嚕嚕響著。

「餓了一天了，給你買兩個包子。」粗小皮說著便走到包子鋪買了兩個包子遞給小浩子，再給他倒杯水。

粗小皮看見小浩子的娘，雖然粗魯又兇巴巴，但總還是娘呀！這是他第一次想著，他的親娘到底是個怎樣的人呢？

第九章 打鐵鋪裡的熱鬧

夏天結束了，秋天來了。滿山的綠漸漸轉換了顏色，從深綠轉成淡黃再轉成淡紅，到了秋末就是一片火紅了。那也是牛頭村最美的時候。

山區的氣溫下降，怕冷的人換掉頭巾，戴起毛帽來了。

老粗師傅帶了一頂黑色毛帽，坐在工作檯前試著縫補一只黑色布鞋。鞋子的右側邊緣縫線全爆開了，這鞋的主人走路時習慣將重心置放在右腿，右腳得撐住這股力量，春天穿不到夏天就會爆一次。這是簡單的縫補，但是對老粗師傅來說已經很吃力了，不是無力縫線，而是老眼昏花啊，他得拿得老遠才能看得清晰，但拿得老遠不好縫啊，你得將鞋擱在腿上，才有施力點。

這鞋的主人半句話不吭地坐在一旁等候。

這個粗小皮去哪兒了？自從成爲師傅之後，就見他忙得像只陀螺似的，四處轉著。

「我的眼睛已經不管用了，等我徒兒回來立馬給你補。你住在對面的麥家客棧是吧，我給你一雙鞋暫時穿著，鞋子補好了給你送去。」老粗師傅一邊說一邊轉身拿來一雙木屐。

那人起身，脫下腳上的另一隻鞋，穿上木屐。

「老鐵打鐵鋪怎麼走哇？」那人問著。

「從這兒往上走左拐後，轉角有三間客棧再右拐，直直走看見衙門後右拐，在衙門斜對角有一條小路一直走，就可以看見打鐵鋪了。快到的時候，如果老鐵剛好在工作，你會聽見聲音。」

那人穿著木屐喀哩誇啦地踩在石頭路上走了。

「你師傅去哪兒啦？」老粗師傅問小浩子。小浩子正在收拾客人喝過的茶杯。

「背著籮筐去砍柴了。」小浩子說。

「這事讓你去，他跑去砍什麼柴呀！忘記自己當師傅了。」老粗師傅看著小浩子：「沒事幹的話，拿掃把把門口的路從這頭掃到那頭。」

「那又不是咱們家……」小浩子不明白幹嘛掃別人的路。

「那條路大家都要走，你不去掃誰掃？」老粗師傅氣急敗壞地說著。怎麼這小子就這麼惹人厭哪？

小浩子悶著頭拿起掃把趕忙掃街去了。

粗小皮背著籮筐走進鞋鋪。

「你先把這雙鞋補了，客人等會兒來取。」老粗師傅起身離開工作檯。

「我看到了，那人穿著咱家的木屐呢。」粗小皮說。

「你最近怎麼老往山上跑？柴火應該夠了吧！以後你就讓那小浩子去撿柴火。」老粗師傅嘮叨著。粗小皮成為師傅後，他就不再大聲對他說話，尤其是上次他全身發高燒差點死了，那之後，老粗師傅態度上有些轉變。他握著兩天都醒不來的粗小皮瘦小的手，發現自己非常依賴這孩子，他不能失去他。

「冬天轉眼就要到了，想多拾些柴回來，康亮他們家想用的時候也可以過來拿。他們忙得都沒空去撿柴呢。我先去柴房，就回來。」粗小皮背著籮筐朝柴房走去。

粗小皮回到鞋鋪，坐在工作檯前開始補鞋。

「我去老鐵家走走。」老粗師傅雙手背在身後，緩緩走出店鋪：「老鐵家最近不安寧啊！」

這幾天，牛頭村愈來愈不尋常，二十間客棧全住滿了，他們不是一般經商的旅客。一般旅客通常下午入住，隔天清晨起程趕路，但這些人住下就不走了，讓其他經常往來塔伊鎮、牛頭村和雷爾鎮的人無處投宿。還好，村裡總有熟識的朋友可以暫時收留。

麥家客棧也住滿了旅客，住不下的勉強在大廳打地鋪。

粗小皮剛剛補完鞋子，又走進一個背著空背架的背伕，他把背架倚在門旁，脫下鞋子遞給粗小皮：「磨破了，還好已經到牛頭村了。」

粗小皮接過鞋子，他盡可能忍耐鞋子散發出來的臭味。這種脫下立刻補的鞋子最讓人難受，那臭味和餘溫都讓人窒息，你得小口小口地呼吸。老粗師傅說過，每一個行業都有各自要忍受的事，補鞋工作就和人的腳脫不了關係，走了一天的路，腳哪有不流汗的？再加上陳年汗垢，一脫下來當然臭氣燻天。

「不好意思，我的鞋可眞臭哇！」背伕自己也聞到了。

粗小皮連揉一下鼻子的動作都沒有。他安靜地剪下一小塊牛皮黏在磨薄到破掉的地方。老粗師傅常常掛在嘴上的一句話是：「咱們補鞋的，看鞋不看人。不要看到好鞋就巴結討好人家，看到草鞋就瞧不起人家。誰的鞋破了，咱就幫誰把鞋補好。」補鞋這麼多年了，從沒見過一雙上等好鞋送進補鞋鋪，那些有錢人家都把破鞋給扔了吧！

粗小皮很快就補好背伕的鞋，送走了背伕。他的手現在很有力量了，以前要用錐子先刺入又硬又厚的牛皮邊緣，再將線勾在錐子邊的小凹槽後把線拉出，這些動作特別使勁兒，現在卻像縫補一件衣服一般，輕而易舉。他很高興現在可以不用讓客人等太久，甚至傍晚送來的鞋很快就可以補好，不用再讓客人等到隔天清晨。

粗小皮拿出小布袋，縫起那些皮革碎片，縫著縫著，竟縫出一張好看的拼接皮革。

背伕老徐走進鞋鋪，問著：「明天我要去雷爾鎭，需要補什麼貨呢？」

「等會兒。」粗小皮找了一下，拿出一張採購單遞給背伕老徐：「不多，幾張牛皮而已。」

老徐接過採購單，臨走前說了一句：「聽說打鐵鋪那兒有人鬧事。」

粗小皮驚訝地說著：「鬧啥呢？我家老粗師傅剛剛去了那裡。」

「幾個人在那兒打架，幾乎要把店鋪給掀了。」

粗小皮緊張了，對著屋裡大喊著：「小浩子，小浩子，出來看店。」粗小皮飛快地跑了幾條路、幾條巷子，來到打鐵鋪。店鋪裡裡外外擠滿了人。粗小皮個子小，鑽呀擠的，很快就擠到店鋪裡頭。老鐵店裡的東西全散落在地上，旁邊的火爐被潑了水，全溼了。

老鐵一臉憤怒地站在一旁說著：「我都說了，這兒沒有刻字的斧頭，你們就是不相信。找也找了，翻也翻了，沒有！你們這些人可以滾出我家了嗎？」

「你肯定把斧頭藏起來了。」

簡植大捕頭在人群外圍大吼了一聲：「讓讓！」人群立即讓出一條小路來，讓大捕頭通過。簡植往人群中一站，那威武氣勢立即懾服現場所有的人。

「簡大捕頭，你來得正好，你說，你說，你有沒有把刻著武勁大賽贏家名字的鐵柱送到這裡打成斧頭？」那人穿著老粗補鞋鋪的木屐。

「到底是誰說的？他用哪一隻眼睛看到我們把鐵柱送到這裡打成斧頭？」簡植大捕頭已經六十了，嗓門還是相當宏亮，那聲音可能連正在揉麵團的康亮都聽得見。

「沒這件事，怎有江湖傳說？」穿木屐的男人說。

「江湖傳說不可盡信。」簡植大捕頭說：「那鐵柱這麼粗，老鐵哪來的本事把它們切割下來打成斧頭？」

「那麼，那刻滿名字的鐵柱哪裡去了？」葛青從人群中走了出來，他的一頭亂髮幾乎遮去他的臉。

魯赫和韋萬二也在人群裡。

「我無須向你交代那鐵柱下落。」簡植大捕頭說。

「如果鐵柱上有我的名字，你就得向我交代鐵柱的下落。」魯赫語調緩慢、字字清楚地說著。

「那鐵柱早就鏽了，歲月已經鏽掉上頭刻下的每一個名字。」簡植大捕頭說。

「現在涼茶亭上那根鐵柱怎麼就不會生鏽呢？」穿木屐的男人繼續質問。

「那鐵柱是後來才立上的，上頭的每一個名字才是眞正無私的英雄。他們不為個人名利挺身而出，對抗已經失控的武勁大賽，他們是牛頭村的子弟，值得我們尊敬與懷念。我們每天會有人上油擦拭。」

「那麼，另一根鐵柱上的每一個名字就活該……」韋萬二忍了很久，終於站出來忿忿地說，但話還沒完就被簡大捕頭給打斷了。

「韋先生，我想牛頭村的鐵柱事件已經落幕了，如今，你們也各自回到家庭展開新的生活，又何必回來掀舊帳呢？」簡大捕頭一字一句說得鏗鏘有力。

「落幕是你說的。你把我們送進監牢這件事，對我們而言從來就沒有落幕。」葛青用手指著簡大捕頭說：「這是衙門插手管江湖事，完全不顧江湖規矩，把一場延續了三十幾年的武勁大賽說成江湖劫難，我們今天要你還我們一個公道。」

「你們又要怎麼還那些被你們踹下懸崖的年輕生命一個公道？」簡大捕頭義正詞嚴地說：「比武可以不必殺人，而你們確實殺人了！有人死了，有家屬告進了衙門，我們就得查個明白。對衙門而言，沒有什麼是江湖事，世間事就是衙門的事。」

葛青看著簡大捕頭，嘴角揚起一抹冷笑：「說不過你，十三年過去了，你這張利嘴依然這麼厲害。」

「不敢，你可能忘了，這些對話十三年前我們都說過了。」簡大捕頭冷靜地說著。

「我記得，我只是想聽看看你是否有新的說法。」葛青說完話便拔出劍來，劍尖指著簡大捕頭的眉尖：「這回，我們要用自己的方法讓鐵柱事件落幕。那根鐵柱承載了三十七個，加上我就是三十八個人的英雄事蹟。你是大捕頭，是官府的人，你不能抹掉我們的名字，抹掉那段歷史，不能拔掉鐵柱假裝一切都不存在。」葛青悲憤地說。

「我們的職責是保護所有人的生命財產安全，這所有人不只是牛頭村村民，還有路過牛頭村的人。武林鐵柱繼續存在，就可能鼓勵某一種可悲的勢力再起，到時候就會威脅到許多人的生命。」簡大捕頭說。

「咱們立場不同，但你不能無視江湖上還有一大群人，他們講義氣，講武術，他們熱愛江湖。江湖上的拚鬥必有傷亡，每一個走入江湖的人，都明白一個道理，這條命是江湖的。當他們踏上這條千里古道，就已經用他們的腳寫下江湖生死狀。」葛青慷慨激昂地說著，字字鏗鏘有力：「你們怎麼可以忽視這條江湖規矩？你把我送進監牢，是對我這個人這輩子最大的汙辱。」

粗小皮聽著這番話，心裡覺得康亮不在這兒眞是可惜了，他會愛聽的，每一句話都是江湖啊！

「葛青，你說的這番話，恐怕又要讓那些自以爲武功蓋世的年輕小伙子送命了。」簡植大捕頭用渾厚的嗓音說著：「我不想提這件事，但是我非得提醒你不可，當年有三個年輕生命死在你的劍下。」

「簡植，三十七年的武勁大賽，也有很多人在武術較勁的時候喪命，那時候衙門不插手江湖事，爲何你執意如此？」穿木屐的男子說。

「別人怎麼想我管不著，但是，我不允許這些事發生。」簡植大捕頭說。

韋萬二也取下背袋裡的半月屠龍刀，他說：「別說葛青必須出來，他贏了武勁大賽，名字刻不上鐵柱，還被判了重刑。」他停頓了一下，對著圍觀的人群說：「我也必須出來，沒人相信我是武勁大賽贏家，我比葛青更早贏得一場勝利，刻著我名字的鐵柱被打成斧頭，我還被打入大牢，三年不見天日，這有天理嗎？我這一生抬不頭來，沒臉見我的爹娘、妻子和兒子，他們的爹、他們的兒子是個囚犯。我只想闖出名號，回鄉開個武館……」

「韋先生，是有人上衙門把你給告了。」簡植大捕頭說：「有人告，我們就得偵辦，找出兇手。」

老粗用同情的目光看著韋萬二。老粗記得他的，當年他壯碩如牛，身手輕巧，那把重達十斤的半月屠龍刀，可以忽左忽右、忽上忽下、忽前忽後地擋掉所有攻擊，這是多麼叫人佩服的武功啊！但是，他也用那把半月屠龍刀將一個二十歲的小伙子撞下懸崖。

葛青，以快劍聞名，當年他拔劍的速度之快呀，你得把打一個噴嚏的時間切成四份，其中一份就是他出劍的時間。有沒有那麼快？就這麼快。當年，一心求勝的葛青目中無人，揮劍絕不留情，三個人死在他的劍下。在監牢裡沉寂了十三年，帶著恨意重回牛頭村，他自己也不清楚是要將恨壯大還是卸下吧！

魯赫腰間兩條沉沉的腰帶藏有玄機，腰帶的底部各縫著一塊鉛錐，他可以同時將兩端的鉛錐甩向不同方向，你擋得住頭就擋不到膝蓋。這個魯赫來過牛頭村三次，第三年才贏得大賽。第一年，他武藝不精，左手小指被削去了一節；第二年，他失去左手無名指的一節指頭。爲什麼傷害只發生在手指頭呢？因爲他甩出鉛錐腰帶的時機被對手逮到，一出手，對手本想揮劍砍斷他的布條，卻再次砍向他的手指。他這次陪同葛青和韋萬二，純屬義氣吧！

那個穿木屐的叫刁明，沒什麼特殊武功，但是閃功厲害，身段特別柔軟，會讓對手覺得自己正和一匹會移動的布在比武。還有那個穿著很多口袋的背心的上官寧，最愛用石頭當暗器，有石頭的地方就是他的戰場，背心的每個口袋都躺著扁平的石頭，可千萬別對這人亂揮拳頭。

老粗抓著下巴鬍子看著眼前這個韋萬二。他以前年輕的時候身材精實，動作俐落，十幾年過去了，養出個大肚子，胖了這麼多，動作還俐落嗎？還能擋嗎？

「我不會再讓千里古道染上一滴血。」簡大捕頭略顯激動地說著：「只要我簡植還在牛頭村活著，就不允許任何人在千里古道上拔劍。你們要去別的什麼地方比武較勁，闖什麼江湖名號，請便，我不會阻攔你們，但是，就是不能在千里古道上。」

簡植大捕頭說完這些話，現場一片靜寂。

大家的視線就在簡大捕頭和葛青兩人的臉上快速移動。

「既然簡大捕頭把話說得這麼硬，我也沒必要再說什麼了。」葛青轉過身去，在眾人的目送下離開。韋萬二、魯赫和穿木屐的刁明也跟著離開。

老粗這下急了，他對著粗小皮揮著手：「快跟過去，他的鞋還在咱店裡呢，快去拿給人家。」

粗小皮眞不想離開這兒，他才看見顧三捕快在對簡植大捕頭說：「聽西大城的朋友說，這葛青在牢裡練成邪門功夫，不可小覷！要防。」他還想多聽點消息啊！但是補好的鞋一定要拿給人家的。也好，這樣近距離觀察這些人，或許能給簡大捕頭一些提醒。

刁明穿著一身鬆垮垮的過膝長袍，那走路拖著鞋跟的模樣，怎麼看都看不出是個練家子。

粗小皮趕緊超越這些人跑回補鞋鋪，將刁明的鞋取出來，等著。葛青、魯赫和韋萬二站在門口，只有刁明走進鞋鋪，粗小皮立即把鞋子遞上：「您的鞋補好了。請坐。」粗小皮挪了一下擺在門旁給客人坐著等穿鞋的圓凳，將另一隻沒壞的鞋和補好的鞋擺在圓凳子前。

刁明拿起鞋，仔細看了看縫線，滿意地點點頭說：「好功夫。十幾年前，我也讓老粗師傅補過鞋，那雙鞋被砍了一刀。那時候你還沒出生吧！這麼多年了，老粗師傅眼花了，補不了鞋。歲月啊，不僅催人老，也會將恨養大呀！」

「你們別恨簡植大捕頭了，保護每個老百姓的性命是他的工作，他覺得每個人都應該好好地活著。」粗小皮說：「我覺得他是對的。」

「跟你這樣一個小毛頭說這麼多有什麼用呢？你不會懂的。」刁明從兜裡取出兩枚銅幣擺在檯上，走出店鋪向對面的麥家客棧走去。

「太多了，一枚就夠了。」粗小皮追出去。

「多的那枚給你留著，將來娶媳婦。」刁明揚了揚手說。

娶媳婦？粗小皮捏著那兩枚銅幣愣了好一會兒，接著才從喉嚨發出一句怪聲：「哼哼，娶媳婦？開什麼玩笑？」

看著那一群人走上客棧石階，走沒兩級幾個人就站在石階上談起話來。

粗小皮閃進康家包子鋪，康亮正在包肉餡，他熟練地將麵皮推捏出美麗摺線。

「你沒看到眞是可惜了。」粗小皮口沫橫飛地對康亮說他方才的所見所聞，除了那多出來的銅幣和娶媳婦的事，其他什麼都說了。

「當他們踏上這條千里古道，就已經用他們的腳寫下生死狀。」粗小皮學著葛青說話：「那江湖味兒可眞重啊！」

康亮拿起一個麵團用木棍開始擀麵皮，接著舀起一小團肉餡放在麵皮中間，重複推捏著把肉餡包裹起來。

「你怎麼沒話說了？我可是一字不漏地將現場狀況報給你聽了。」粗小皮說。

康亮將整形完成的包子放進蒸籠裡，拿起另一個麵團放在眼前，忿忿地說著：「我眞恨這些包子啊。」說完便將包子狠狠地往屋外扔去，麵團「叭」一聲地砸在老粗師傅的額頭上。老粗師傅單薄的身子經不起這一擊，瞬間往後摔倒。

「瞧你幹了什麼！」粗小皮大叫起來。

粗小皮、康亮和康熊三人連忙跑到屋外將老粗師傅扶起來。

「老粗師傅，我不是故意的，我跟天借來膽子也不敢用麵團扔您啊！」康亮連聲道歉著。

「老粗你也眞是的，平常多練練身體嘛！一小團麵團就把你擊倒了。」康熊說。

一個高瘦光著腦袋的中年漢子站在這一夥人身旁，他調整了肩上的背囊，打趣地說著：「這包子小師傅臂力驚人哪！」

沒人理他，大家只關心老粗師傅的狀況。老粗師傅轉轉頭，甩甩腦袋和雙手，又扭了兩下屁股，確定每一根骨頭都還在原來的位置。

「沒事沒事。」老粗師傅笑著說：「康亮的力氣也太大了吧！今天眞是領教了。」

「小師傅，要不，你也扔我一次如何？」光頭漢子揚著眉毛大聲地說著。

「用麵團扔你？你有什麼毛病啊！」康熊雙手插在腰上說著。

「如果我也被麵團擊倒，今天的包子我全都買下。」光頭漢子說。

「包子都被訂走了，你想買也沒有了。」康亮說。

「把我擊倒，玩一下嘛！」光頭漢子說。

「別浪費麵團了，一個包子能讓一個孩子吃飽哪！」康亮他娘在裡頭嚷著。

康亮拿起剛剛砸中老粗師傅的那團麵團，在手上拋來拋去，想了一下，然後說：

「好，我試試。讓你瞧瞧我的厲害。」

光頭漢子站在老粗師傅被擊中的位置，雙手抱胸等著。

老粗師傅、粗小皮和康熊閃到一邊看熱鬧。

老粗師傅看著那人，面熟，卻想不起來是誰。

「康亮啊，可別扔到我呀！」康熊調侃地說。

「我扔囉，要扔囉！」康亮後退兩步，甩兩下手臂，然後用盡全力扔出麵團。

光頭漢子身子不動，卻俐落地伸出右腿接住了那麵團。

「嗯，這麵團沒剛剛那團猛。不過，我要說，小師傅有潛力，有潛力。」光頭漢子說完，把腳上的麵團踢給康亮。康亮雙手去接都沒接到，讓麵團掉在地上。

老粗師傅大叫一聲：「唉呀，我想起來了，他，他是快腿歐陽勁。」

光頭漢子走上麥家客棧石階。

「幹活了，幹活了。」康熊走進店裡。

「你把老粗師傅擊倒的那團麵團帶著怒氣，所以很猛，但這一團沒怒氣，力道就弱了。」粗小皮分析著。

「你扔，扔在他的光頭上。」康亮撿起麵團遞給粗小皮。

「我怎麼扔啊！我又沒揉麵團練力氣。」

「當作練習，反正這麵團是不能用了。」

粗小皮揉了兩下麵團後，忽然想起自己擁有驚人的力量，他提醒自己只能用上三分力。粗小皮對著光頭漢子的腦袋扔過去。麵團「叭」一聲地砸在他後腦勺上，光頭漢子一個踉蹌摔倒在石階上。

噢，天啊！粗小皮和康亮同時叫出聲，就在光頭漢子起身前，粗小皮趕緊溜回自己的店鋪忙活去了。

光頭漢子右手摸著腦袋，左手拿著麵團，一臉不可思議的模樣。

第十章 神祕陌生人

千里古道沿路以及拉庫拉庫溪對岸的樹林，已經一片豔紅。牛頭村秋天的寒意總是比雷爾鎮或塔伊鎮來得早。

這幾天，陸陸續續有人住進麥家客棧。葛青的身邊多了些朋友，歐陽勁也在其中。他們一行人就在村裡街上晃悠，到包子店買包子，去麵館吃麵，去老鐵打鐵鋪東摸西摸，翻開這個和那個，氣得老鐵幾度大動肝火：「你們這些人怎麼都聽不懂人話呢？我這兒沒有你們要的斧頭。」

那些住在客棧的人依然住著，別家客棧也住滿了人，這些人成天在街上四處晃悠，啥事也不做。

粗小皮背著籮筐上山砍柴。現在補鞋鋪裡有小浩子招呼客人，今天也許可以在山裡多待一會兒，反正出門前已經將所有的鞋都補好了。小浩子脾氣雖倔，但是交代的事都會做，雖然有時候缺乏耐性，粗小皮也不會大聲喝叱他，他認爲這些都是過程，時間久了大家更熟悉，自然就會更懂事。

粗小皮經過涼茶亭時，看見雷響、葛青、魯赫、韋萬二、刁明和三個男人坐在亭子裡喝茶。粗小皮看著他們，他們也看著粗小皮。

「個兒這麼小，背這麼大籮筐，難怪長不高。」葛青輕聲說了一句，很輕，大概是說給其他人聽的，但是粗小皮還是聽見了。他的聽覺在最近忽然變得很敏銳。粗小皮知道自己是牛頭村所有十三歲少年裡身材最矮小的，老粗師傅曾經安慰他說：「沒關係，你還有幾年可以長高。就算沒再長高也沒關係，有力氣縫鞋子掙口飯吃就行。」

粗小皮沒理會他們，逕自走下斜坡。他聽見背後那群人壓低聲音說著：「那傢伙今晚會到牛頭村，明晚就可以行動了。」

粗小皮心頭一驚，那個傢伙來了就要行動了？他們要對簡植大捕頭下手嗎？他們知道憑他們幾個人不是簡大捕頭的對手，所以要等另一個人來，一起把衙門拆了，好讓江湖再起？

粗小皮實在想不透，他們怎麼就這麼愛那武勁大賽贏家頭銜呢？當上贏家還不是一樣要掙錢、吃飯、拉屎？難不成當上武勁大賽贏家，就受人尊敬、有人供養？我家老粗師傅和打鐵鋪的老鐵他們的手藝精湛，也受人敬重啊！總之，現在開始得多留意才行。他們膽敢對簡植大捕頭下手，他就會像跳上紫嚕嚕獸的項背那樣跳上那些人的肩頭，一掌打暈他們。

粗小皮來到上次遇見紫嚕嚕獸的地方，他跳上最高那塊岩石四處張望。他希望再看那美麗的獸一眼。四周除了裸露的岩石和樹林之外，連隻山猴子也沒見到。粗小皮放下籮筐，躺在岩石上，雙手枕著頭，悠哉地曬著陽光，看著天上的雲朵。這樣過日子不好嗎？何必一定要爭個你死我活。贏了又如何？輸了又如何？

除了會彈跳和力量增強之外，自己還有什麼能耐呢？粗小皮坐起來，將雙手手掌撐在岩石上倒立起來，輕而易舉；單手倒立，輕而易舉；只用一根食指倒立，有些吃力，但很快就適應了。他站起來，從這塊岩石跳到那塊岩石，跳躍的過程中還可以在空中翻個身。他覺得身體變得很輕盈，又連續跳過幾顆巨大的岩石。忽然，粗小皮看見牠了，在遠處的樹蔭下，若不仔細看會以爲那只是斑駁的樹影。

牠看著粗小皮好些時候了，粗小皮正準備跳過幾塊岩石朝牠靠近，牠立即轉身跑開。粗小皮追上去，但是追丟了，前面的森林幽暗陰森，他從沒去過，不敢貿然進去，萬一迷路就糟了。

粗小皮快速跑回岩石區，背起籮筐準備回家。

「小兄弟。」

聽到有人叫喚的聲音，粗小皮回頭，見一男子站在身後岩石上。

「你什麼時候來的？」粗小皮緊張地問著。他應該沒看見紫嚕嚕獸吧！

「剛到呢！怎麼？這裡不讓人來？」

這人剛到，應該沒見到紫嚕嚕獸，也沒見到他在岩石上跳躍吧！粗小皮一放鬆，就看見那年輕男子腳上穿著一雙黑色布帛鞋，鞋尖縫上了牛皮，牛皮包覆到鞋底上緣和鞋尖，就算踢到石頭也不會傷到腳趾頭，是一雙好鞋。看完鞋子，他這才抬頭看那人的臉，是個長相斯文、嘴角帶著微笑的年輕男子。那人從岩石上俐落地跳下地面，來到粗小皮面前。

「小兄弟背著這麼重的木柴，卻還是健步如飛，是個練家子哪！」

「這山徑你走一千回，閉著眼睛都能走；背一千次羅筐走山徑，你還眞能飛呢！」

粗小皮打量著這人：「倒是你，你是來找我們簡植大捕頭麻煩的人嗎？」

「我從來不找人麻煩的，我只是剛好路過這兒。怎麼著？有人要找簡植大捕頭的麻煩嗎？」

「現在牛頭村滿街都是人，我肯定有人想找簡大捕頭麻煩。」

「我可以告訴你，肯定不是我。」

「最好是。那您請自便，我得走了。」粗小皮轉身離開。

「小兄弟，別急嘛！我想請問你，你在這山裡打柴這麼多年，見過傳說中的紫嚕嚕獸嗎？」

粗小皮心頭一震，這人是捕獸人？

「沒見過。」粗小皮皺起了眉頭說：「你是來抓獸的？」

「我看起來像個獵人嗎？」那人甩了甩袖子後說：「怎麼你也聽過紫嚕嚕獸？我問過很多人，十個有九個沒聽過，他們以爲是小孩玩的啥玩意兒。」

「是鞋匠都聽過。」粗小皮說。

「你是做鞋師傅？」那人問道

「我是補鞋的。」粗小皮看著那人的鞋說：「你是個公子哥，有一雙好鞋，保養得很好。」

「我澄清一下，我不是什麼公子哥，我的鞋看起來乾淨，是因爲我每天擦拭讓它看起來很乾淨。我叫武傑，武術的武，傑出的傑。我會在牛頭村住上幾天，這幾天請多多照顧。」武傑拱手打揖：「小兄弟怎麼稱呼呢？」

「粗小皮。武先生您請自便，我得走了。」粗小皮心想，我怎麼照顧你？誰知道你是不是一個好人？在不清楚這些人的來歷之前，不要和陌生人多接觸，也許他和葛青那幫人是一掛的。

希望武傑趕緊離開山區，希望紫嚕嚕獸永遠不要再來巨石區了。

粗小皮走上涼茶亭，早前的那一群人都不見了。經過英雄鐵柱的時候，粗小皮停了下來，他從來沒有仔細看過鐵柱上的名字。英雄鐵柱上刻著十幾年來在千里古道執行維護工作而犧牲的一百五十七名捕快的名字。這些名字刻得很深，得刻得深，才不會因爲磨掉上頭的鐵鏽而把名字磨掉了。看著這些名字，粗小皮心裡忽然難過起來，想到另一根下落不明的鐵柱，他也一樣感到難受。

到底該怎麼做才能讓所有人都滿意呢？

粗小皮走下牛角尖，經過水塘，看見衙門前擠滿了人，連旁邊的大榕樹上都坐著幾個看熱鬧的人。粗小皮擠了進去，看見兩名捕快押著一個男子正要走進衙門。

「這人是個扒手，聽說是從雷爾鎮來的職業扒手。」旁邊的人熱心地為粗小皮做了說明：「咱們牛頭村現在熱鬧了，把牛鬼蛇神都引來了。眞是。」

粗小皮仔細看著那人，心頭一驚。方臉，那張方形的臉他怎麼也不會忘記，在雷爾鎮就是這個賊人搶了他和康亮，還扒光他們的衣服。這無恥的傢伙竟然跑來牛頭村犯案，被逮了眞是痛快。

粗小皮趕緊回頭想跑去包子店告訴康亮這件事，沒想到一轉身就和康亮撞上了。

「正要找你呢。」粗小皮說。

「我聽說逮到一個賊，特地來看看。」康亮說。

那賊已經被捕快拽進衙門裡了。

粗小皮把康亮拉到沒有人的地方，悄聲地說：「那個人就是在雷爾鎮打劫我們的那個賊人。」

「眞的？」康亮一臉氣憤：「我還想著等我練好了功夫，要去雷爾鎮把他揪出來狠狠地修理一頓呢！」

衙門前聚集的人群慢慢散去，粗小皮看見早前在涼茶亭聚集的葛青那幫人也在衙門前看熱鬧，此刻正緩緩地踱步離去。粗小皮心裡湧起一股不安，他老覺得有什麼很糟糕的事就要發生。

粗小皮和康亮進入懸崖頂街，粗小皮放慢速度，站在包子鋪前朝鞋鋪探了探頭。

「幹什麼呢？」康亮不解地問：「想當賊呢？」

「噓噓噓……」粗小皮豎起食指放在唇上，示意康亮別嚷嚷。

嘿，老粗師傅不在店裡，小浩子坐在桌前寫著幾個大字，那是他自己的名字。粗小皮讓他做雜事，也教他讀書寫字，老粗師傅小時候怎麼教他，他現在就怎麼教小浩子。

「老粗師傅在家要唸我的。」粗小皮小聲說著，說完便背著籮筐跑到柴房後，趕緊回到鞋鋪。如果師傅看見他又自己去砍柴，又要說他了。到山裡砍柴這麼美好的事，他一點也不想讓給小浩子。

老粗師傅最近也不知在忙什麼，老不見人影。

粗小皮回到臥房，發現他的衣櫃被開了一道小縫，他慌張地檢查藏在衣服最底層的那封信。還好，信還在，那件被苗天準撕去剩下一半的的衣服也還在。老粗師傅從來不會進自己的房間，肯定是小浩子。粗小皮氣沖沖地走到店鋪，準備好好罵小浩子一頓。

「我們晚上吃包子嗎？」小浩子睜著大眼睛問著。

「吃包子的錢是我們補臭鞋掙來的。你不想補臭鞋，還想吃包子？」粗小皮噴出一肚子怒氣。

「我這不是留下來當補鞋學徒了嘛！」小浩子說：「我在塔伊鎮的家裡，每天只能喝粥。」

「你是不是進我房間了？」粗小皮嚴厲地質問著。

小浩子抬起臉來，看著氣憤的小粗師傅，腦子裡轉著各種適合的說詞。

「我在掃地，就順便……」

「我的房間和老粗師傅的房間你都不可以進去，爲什麼說不聽？我們習慣自己整理房間，聽清楚了沒有？」

「不用打掃你們的房間，我不知道有多高興哪！」說完，小浩子還從鼻子噴了一聲「哼」字。

粗小皮走到工作檯，才剛剛坐下，小浩子又問了：「晚上吃包子嗎？」

粗小皮沒好氣地扯著嗓門說：「天天吃包子，你以爲我們開客棧啊？寫完這幾字，去煮飯。」

這小浩子還眞煩人哪！

第十一章 來了個賊

位在二十一尖山群峰十三尖山的牛頭村，忽然在幾天之間，從一個安靜的小山城變成擁擠且聒噪不休的大城。從雷爾鎮和塔伊鎮過來的人愈來愈多，不僅千里古道上的行人多到得在禮讓彎排隊等候通過，就連村子裡的街道上、麵館、客棧、涼茶亭也都擠滿了人。

衙門的捕快也悄悄增加了，他們不動聲色地觀察著，等著那也許會發生的暴動。這兩日從二十一尖山群峰漫過來的濃霧，讓小小的山城瀰漫著一股詭異又令人不安的氣氛。

牛頭村衙門今早特別熱鬧，許多村民都來了，來報案。

我家被偷了！

我家也被偷了！

我睡前真的鎖門了，小偷不知道怎麼鑽進來的？

那小偷肯定朝我睡房吹迷魂劑，讓我睡死了；要不，就是那賊是從門縫裡飄進來的。

接連三個晚上，牛頭村的許多店鋪和民宅都被賊入侵了，偷走了許多值錢東西。第二天的夜晚，衙門立即加派捕快輪班巡邏，第三天依然有村民來報案。這賊是怎麼鑽進屋裡的？在四處都是巡邏捕快的夜裡，依然有住戶被偷。現場找不到門鎖遭破壞的痕跡，也沒有留下腳印，這賊竟然可以不發出半點聲響就偷走床頭櫃裡的銀兩，有些人甚至還不知道小賊來過，是因為要用銀子了，才發現被偷！

簡植大捕頭派人去訪查，記錄被偷竊的住家房子狀態。有幾戶後門門上預留了小狗進出的小門，大多數則是家裡門栓被彈開闖入的。

「這賊非常仔細地觀察過每一戶住家。」簡植大捕頭說：「看看還有哪些家裡有小狗門卻還沒遭竊的住家，派人候著。」

簡植大捕頭第三天派出更多人手在夜間巡邏，甚至在暗處埋伏。但是，一直到天亮，連隻貓都沒見到。

當捕快們收隊回到衙門，衙門大門口張貼了一張紙，紙上寫著幾個大字：

無能衙門，縱有精兵三百，卻捉不到一個偷兒！拆了吧！

又有三戶人家報案家裡遭竊，其中一戶是老鐵打鐵鋪，店裡被偷走三把斧頭。

「我得怪自己，這幾十年都不鎖門睡覺，也沒丟失過任何東西。小偷都偷輕巧的東西，笨賊才偷斧頭。」老鐵粗著嗓門用洪亮的聲音說著。

另兩人很確定鎖門了，半夜也沒聽見任何聲響。

難不成那賊是從地底下鑽出來？

「那些人功夫再好也做不到神出鬼沒。」顧三說：「如果大捕頭的猜測是對的，那麼這賊是他們特地請來的。如此俐落的賊，大概只有他了。」

「徐達，這賊是個神偷，聽說有軟骨功，像貓一樣，頭過身就過，有個像頭那麼大的洞，他就能鑽進去。二十幾年來，從沒被抓過，一次也沒有。這賊已經不是爲了生活而偷東西，而是爲了樂趣才偷東西。」岳林說。

簡植大捕頭皺起了眉頭。

「這賊跑來咱們牛頭村偷東西，沒道理。牛頭村只是個山城，沒有大戶人家，沒有奇珍異寶，只是些殷實的營生小鋪。他偷這些人家有啥趣味可言？」顧三說。

「那賊人的目的不在取財，他要羞辱衙門，或者說，羞辱我。」簡植大捕頭對著所有的捕快說：「他要不是被請來的，就是義氣相助，那些江湖傳說，讓他滿腔熱血。今晚再加派人手，在所有拐彎的暗點布樁，我就不信你比貓還靈活。」

第四個晚上，是個滿月，明亮的月光照著牛頭村的岩板屋頂，發出銀色的光。

捕快們換上黑衣服，蒙上黑布巾，像根木樁立在村裡每個轉角暗處。從亥時埋伏到子時，村裡沒有任何動靜。

子時一過，突然從四方跑來五隻惡犬，在村子裡四處奔跑，對著躲在暗處的捕快狂吠，把他們從暗處逼了出來。一陣兵荒馬亂，有人被狗追、被狗咬，捕快們的行動被惡犬給敗露了。

此時許多人家被狗吠聲吵醒了，紛紛打開大門察看。

三更夜半的吵什麼呀？這狗，喲，這麼多人不睡覺，抓賊呀！抓到賊沒？就不能讓我們好好睡個覺嗎？

這一折騰，雞都打鳴了。

此起彼落的雞鳴聲，把牛頭村給喚醒了。

衙門裡的捕快們疲累地收隊回衙門。他們心裡有一點兒不安，方才那些狗是刻意被放出來擾亂的，也許那偷兒已經趁亂得逞且逃脫了，這下又要被嘲笑了。

捕快們回到衙門，驚訝地發現有個人被綁在衙門旁的大榕樹上，噢，不對不對，仔細一看，那人身上沒有繩子綑綁，他是被釘在樹上的！那人的脖子上掛著一個黑色的布袋，布袋沉沉的，讓他的脖子又痠又疼。這個人穿著一身黑衣，綁著黑頭巾，帶著黑色臉罩，雙眼通紅，見到這群返回衙門的捕快，張口嚷著：「快放我下來呀！有個人莫名其妙把我釘在這兒。」

幾十個捕快仰著頭看，他們全嚇呆了，這人怎麼被掛上去的呀？

「我上去看看。」其中一個擅長爬樹的捕快岳林，攀住樹幹三兩下就爬到那人的身旁。岳林這下更是驚訝，這人不是被釘在樹上，而是被縫在樹上，他的衣服被強韌的粗麻繩縫在樹皮裡，導致他半點兒也動不了。岳林拉開這人脖子上的布袋束口，幾串項鍊和一小袋一小袋的銅幣。岳林扯下那人面罩。

「官爺，快放我下來，我求你了。」那人一臉痛苦地哀求著。

「你怎麼會被縫在樹上呢？」岳林故意問著。

「有個人把我從客棧裡拖出來，綁在這兒，我也覺得莫名其妙啊！」那人說。

「這袋東西怎麼會掛在你脖子上呢？」岳林問著。

「那人栽贓的。」

「這說不通啊，那人偷了東西不去換錢花用，栽贓給你幹什麼？」

「他看我不順眼啊！」那人唉叫著：「唉喲，先把我放下來行嗎？」

岳林轉頭望著樹下的捕快和趕來瞧熱鬧的村民們露出笑容：「這人袋子裝的都是贓物。」他取下裝滿贓物的布袋後直接從樹上一躍而下，將布袋交給簡植大捕頭。

「有人幫我們逮住這賊了。」簡植大捕頭說。

「這人內力相當了得，樹皮又厚又硬，他居然可以將針線穿過去。要把這個人縫在樹上，要下多少針哪？」岳林說。

「江湖上沒聽過有誰能把針當成武器。」顧三說。

「求求你們了，把我放下來吧！我就快死了。」那人紅著雙眼一臉疲憊地哀求著。

村民們聽說賊人被縫在樹皮上，紛紛趕來看熱鬧，有的穿著睡衣來不及換就趕來了。誰會在這時候換睡衣呢？萬一換睡衣時賊人被卸下，那就看不見這百年奇景了。

老粗師傅和他的三個徒弟田貴、艾吉和粗小皮也趕來看熱鬧，康亮也來了。老粗師傅和他的徒弟們站在樹下仰頭看著，對樹上的縫線很有意見。

「美中不足啊，那縫線可以縫得更好。」老粗師傅說。

「縫針得用訂製的才行。」田貴說。

「這點子眞不錯，把賊縫在樹上。」艾吉說：「我怎麼從沒想過可以把人縫在樹上？得用很粗的線，很粗的線得用很粗的針。」

「這是樹皮可不是牛皮啊！」田貴拍拍樹幹後，托著下巴喃喃自語著：「樹皮很硬，他怎麼轉彎的呀？」

「如果是你們誰幹的，一定要把縫線縫整齊，這樣歪七扭八實在太醜了，看了不舒服。」老粗師傅說。

「師傅，我們會的都是您教的。」艾吉轉頭看著老粗師傅，露出懷疑的眼神問著：「您是不是偷偷留了一手？」

「是啊，師傅，縫樹皮我還眞想學呢！」田貴也附和了一句。

「這如果是我縫的，縫線肯定完美無瑕。」老粗師傅說。

「老粗啊，重點不是縫線，而是誰把這個賊人縫在樹上？」康熊來到老粗師傅的身旁說著。

康亮看見眼前的景象，驚訝得張大嘴巴，久久都闔不上。

「我要拜這人爲師，每天請他吃包子，請他務必收我爲徒。」康亮說完這句話才終於把嘴巴閉上了。

「你是要拜誰爲師？賊？還是那樹皮裁縫師？」粗小皮說。

「當然是縫線大俠，誰會拜賊爲師。」康亮說。

「聽說這賊不是一般的賊，作案二十年沒被逮過。」粗小皮說。

「是嘛！」康亮終於把目光放在那賊人臉上：「他再厲害，我也不拜賊爲師。何況他今天被逮了，在牛頭村翻了個大跟頭。」

「各位大人，要怎麼處置隨便你們了，先把我放下來吧！」那賊人哀嚎著。

「先報上名來。」簡植大捕頭對著樹上的賊人說著。

「唉，無名小卒。」那人喪氣地垂下頭。

「你不報名字或是報個假名，萬一你是那個賊，把你放下來就溜了，那怎麼辦？」岳林說。

那人扭動身體，一臉痛苦。

「你們打算讓我一直掛在這兒？」那賊人怒瞪著簡植大捕頭說。

「這賊很狡猾。」顧三說。

一名從東大城調派過來的捕快走出來對簡植大捕頭說：「他的確是徐達，我們城裡的衙門裡有他的畫像。我記得他的樣子。」那名捕快轉身對著樹上的徐達說：「徐達，你別裝了，你沒被逮過，不代表沒人見過你，等押你到東大城，畫像一比對，你就原形畢露了。」

「快說吧！」岳林調整了姿勢，一副準備跳下樹的模樣：「一晚沒睡，不然，讓我們去打個盹兒，一會再回來。」

「好主意啊！」在樹下的所有捕快們個個伸起大懶腰，還打起了大呵欠。

那人實在太痛苦，嘆了一口氣，說：「是，我就是徐達。」

「這些東西是你偷的？」岳林又問。

「是，是我偷的。」徐達回答得很乾脆。

榕樹下看熱鬧的人發出了驚嘆！

這人就是傳說中的神偷，連偷了四個晚上，沒留下任何線索，連個腳印也沒有。嘿嘿，你再神再機靈，來到咱們牛頭村，那牛頭一頂，誰都得栽跟頭。

這賊幹嘛到咱牛頭村來呀？偷碎銀子呀！真是。老鐵家的斧頭被偷了三把，偷那麼重的東西幹嘛呢？逃走的時候把腰都壓彎了，肯定是笨賊一個。

那也不能說人家笨賊，他也是偷了四天才被逮，還不是咱衙門逮著的。結論，他就是被逮了。

三個捕快爬上樹，其中一個小心翼翼地割斷縫線，另外兩個人一人一手抓著徐達不讓他摔下去。割掉所有麻繩後，兩個捕快抓著徐達手臂，從樹上跳下地面。

徐達表情痛苦地揉著痠麻的四肢，目光在圍觀的人群裡掃了一遍。他看見葛青那一幫人，葛青朝他點了點頭，短暫的視線交流，讓徐達的態度頓時放鬆不少，他隨即一派輕鬆地說：「我倒要看看你們能怎麼囚住我？」

徐達被帶進衙門裡進行初步審問。

衙門前的人潮漸漸散去，老粗師傅和他的三個徒弟還站在樹下研究縫線。

「跟補鞋一樣，先在樹皮上鑽洞，不能只鑽一個洞，兩邊鑽洞中間才能貫穿，再用彎鉤鉤住麻繩，然後拉出縫線。」老粗師傅說。

艾吉撿起掉到地上的一條縫線：「師傅，這麻繩可強韌了。」

老粗師傅把那條麻繩縫線拿到眼前，看了又看：「嗯，光是把麻繩搓成這樣就是一番好功夫啊！」

葛青和他的幾個朋友也來到樹下，撿起地上的縫線神情嚴肅地研究著，並且小聲交談。粗小皮距離他們雖然有十步遠，卻清清楚楚聽到每一句對話。

怎麼沒聽過這號人物？這人如果站在衙門這邊，對我們很不利。咱們去打鐵鋪訂製一根粗針或釘子什麼的，插進樹皮再鉤出來，看有多難！用眼睛看就知道多難了，這人內力驚人啊！縫針功夫不錯，也許他只會這招！這招就能走遍江湖了，你不也是只有一招嗎？我們誰都是只有一招呀，這世界就是這樣，你有厲害的一招就能在江湖行走了。

衙門的偵訊室桌上擺滿徐達偷來的東西，另外還有三個布包是從他投宿的客棧房裡搜出來的，銀子、銀票、鏡子、斧頭，連女人的梳子都偷。

「這不是你的作風，徐達，偷這些東西讓你看起像個小癟三。喔，你本來就是個小癟三。」簡植大捕頭嘲諷著說。

「今天落在你手裡，沒話說。」徐達淡定地說。

「誰讓你來的？或者說，誰付你更多的銀子來偷這些東西？」

「來湊個熱鬧而已。」徐達滿臉不屑地說著：「憑我徐達，我需要為了錢幫別人做事？哼哼，眞是笑話。」

「那你怎麼知道牛頭村有熱鬧可以湊一腳？」簡植大捕頭又問。

「江湖傳說，隨著風吹過來，誰都能聽到。」徐達說。

「如果沒有被縫在樹上，你打算偷到什麼時候？」

徐達冷笑兩聲後說：「偷到你被解職，偷到衙門解散，偷到江湖再起。」

簡植大捕頭明白了，他大笑兩聲：「你這傢伙被利用了，還自以爲正義。」

「那個把我縫在樹上的傢伙是哪號人物？」徐達問著。

「你什麼都不說，我爲什麼要告訴你？」簡植大捕頭將臉逼近徐達，朝著他的臉噴出這句話。

「到頭來，牛頭村衙門依然是個廢物衙門，逮到我的並不是衙門捕快，是某個江湖高手，我只是個禮物。」徐達扭過頭去酸溜溜地說著。

「我一點也不在乎是哪個不想露面的江湖高手抓到賊，重要的是，賊被逮了。」簡植大捕頭一臉不在乎地說，說完轉身吩咐著：「把徐達押入大牢，手腳都得綁起來，明天一早押送塔伊鎮。」

兩個捕快把瘦小的徐達押走了。

「如果徐達到牛頭村的目的是義氣相挺，只爲了給大捕頭難堪，你想葛青那幫人會棄他不顧嗎？」岳林說。

「的確很有可能。」顧三也同意。

「晚上加派人手，前後門都部署，防著他們硬幹。」簡植對著大廳裡的捕快們說著。

有個捕快走出來，將老粗師傅師徒四人請到衙門裡去：「簡大捕頭有事想請教。」四個人在廳裡的桌前坐下，岳林給他們倒了茶水。

「簡大捕頭不會認爲這件事是我們當中的誰幹的吧！」田貴笑著說。

簡植大捕頭大笑起來，他說：「當然不是，咱們認識多少年了，你從牆上往下跳都會摔斷腿呢。我只是想問問，你們行業裡可曾聽說過這號人物？」

「縫樹皮的人？」老粗師傅將雙手交叉在胸前，搖著頭說：「從沒聽說。雷爾鎮和塔伊鎮的各個材料商號是訊息交換中心，從來沒聽說過。」

「這麼粗的針都什麼時候用呢？」簡植大捕頭問著。

「那麻繩不是一般的線，那肯定不是一般的針。」艾吉說。

「你這不是廢話嗎？」田貴歪著頭看著艾吉說。

「我們補鞋子最大的針是用來縫鞋底的，要用針穿過樹皮，我們幾個的功力是辦不到的。」艾吉說。

「那人用的應該不是針，而是釘子吧！不管是針還是釘子，那人的力氣肯定大得驚人。」田貴說。

「小師弟，你咋都不說話哪？」艾吉碰了碰粗小皮的手臂，讓正在喝茶的粗小皮杯子濺出了茶水，潑得衣服都溼了一片。他一邊擦拭一邊說著：「有師傅和大師兄、二師兄在，哪還輪得到我說話呢？」

「日後如果有任何聽聞，還請老粗師傅提個醒。」顧三對老粗師父說著。

「沒問題。不過，這人明顯不想邀功才把他縫在樹上，要找到這人，難哪！」老粗師傅站起身，指著衙門廣場前走動的人說：「每一個人看起來都可能是縫線大俠。」

師徒四人走出衙門，站在樹下，看看老樹，看看衙門，看看街上遊蕩的許多陌生人，有人整夜埋伏要去補眠了，有人當偷兒被逮了，有人鞋破了要補，走吧，走吧！回店鋪幹活兒去吧！生活就是這麼過的，管他江湖有沒有人，管他江湖要不要再起。

折騰了這麼久，肚子還眞餓了呢！去康亮家吃幾個剛出爐的肉包子吧！

第十二章 劫囚

康亮送完最後一趟包子，捧著空蒸籠回包子鋪。他看見鞋鋪的燈還亮著，便走到門口，手上還捧著兩落高高的蒸籠。

他一臉疲憊地對著粗小皮說：「粗小皮，我告訴你，有一天，我會把手上這些蒸籠全都扔到溪裡，隨便它們要去哪兒；或者乾脆把它們扔到天上，給老鷹做窩。我是跟你說真的。」

「你累了，康亮，去休息吧！」粗小皮用同情的語調說著。

康亮邊轉身邊說：「我不是在開玩笑，有一天我會扔了這些蒸籠。」

粗小皮伸了一個大懶腰，還聽到康亮不停碎碎唸的聲音：「真的，有一天我會扔掉你們。」

老粗師傅早早便去睡了，小浩子寫完幾個大字，趴在桌上睡了一桌子口水。粗小皮將他搖醒，讓他進房睡。

粗小皮收拾好店鋪，整理材料，記錄要補充的貨品，明天背伕會來收取採買單。整理妥當，即將關上大門前，他朝麥甜家客棧看了一眼，最邊間的客房還亮著燭光，一個瘦長的影子背對著窗在檢查他的劍。粗小皮打了一個大呵欠，將大門關上後，提著油燈一邊繼續打呵欠一邊走進房間歇息去了。

才不過打一個呵欠的時間，粗小皮又走回店鋪。他把門打開一道小縫，往麥家客棧那亮著燭光的房間瞧著。

麥家客棧二樓最邊間的房間裡，聚集了七個男人，他們捲起袖子，將長袍衣襬捲進腰帶裡，檢查著自己的武器。

「沒想到竟然殺出一個從未聽聞的縫線高手，這人到底打哪兒來的？」葛青說：「原以爲憑徐達的本事，偷他個半個月就足以讓簡植顏面無光、引咎辭職。」

「這點子眞的不好，牛頭村的村民是無辜的。」歐陽勁說。

「那些東西算是借用，最後會還給他們的。」魯赫說。

「先把徐達弄出來，讓他離開牛頭村。」葛青說。

「那位縫線俠今晚會出來嗎？」韋萬二問。

「他肯定還在。」魯赫說。

「他最好出來，希望有機會交手。」歐陽勁說。

叩叩叩，有人敲門。

「誰？」韋萬二轉頭看著門問。

「送包子。」

麥甜捧著兩籠包子進屋，眼睛掃向房裡的每一個人後，將蒸籠擱在圓桌上：「熱包子，請慢用。」

「小姑娘，這麼晚了還麻煩你，謝謝了。」葛青說。

「不麻煩。」麥甜看著他們手上的武器，癟了癟嘴說：「你們看起來要去打劫啊？」

「打劫？沒有的事，切磋切磋而已。」魯赫傻笑著說。

「最好是啦！」麥甜轉身離開，反手把門帶上。

麥甜走下一樓進入廚房，她的爹娘站在廚房收拾，準備休息了。

「我送包子進去的時候，有人正在磨刀。」麥甜說：「看來他們真的打算對簡大捕頭下手了。」

「別擔心，那個葛青不會像個冒失鬼殺進衙門的，他們會先挑釁，或是引發事端，再藉機作亂。」麥大江分析著。

麥大娘將弄溼的雙手往圍裙上擦了又擦：「我們什麼武功也沒有，操心也是白操心，去睡吧！睡醒了再去衙門看看誰還活著。」

「你這個人怎麼這樣講話呢？」麥大江瞪著妻子說著。

「不然呢，你要拿菜刀去和他們廝殺嗎？」麥大娘說：「一邊是咱們的客人，一邊是咱們的鄉親，咋辦呢？」

「什麼咋辦？當然站在鄉親那一邊哪！他們如果敢動咱們簡植大捕頭一根汗毛，我就將他們扔出麥家客棧，睡街上去。」麥甜忿忿地說。

天上掛著又圓又大的月亮，幾顆星星在不遠處伴著。月兒似乎聽見麥家客棧廚房裡的幾句對話了，知道平日溫馴的大牛今晚將被挑弄得發狂，早早便鑽進雲層裡躲藏去了。原本在月光照耀下的牛頭村，一下子沉入黑如墨汁的夜裡。

村民們紛紛沉入夢鄉，世界再紛亂，覺還是要睡的呀！這幾天把狗拴在屋裡，別讓牠們跑出去礙事又吵人。

夜很深了，月亮悄悄推開雲朵探出頭來。

一個黑影躍上衙門旁的榕樹上，才剛剛站定，就被月光洩漏了行蹤，立即被早已埋伏在那兒的三名捕快襲擊。俐落的劍法，快速的移動，手上的劍擋住這人揮過來的劍，背後揚起的一絲涼意讓他抬起右腳踢掉從背後劈過來的刀，再一個輕跳後立即彈出左腳將另一個捕快踢下樹，再一個翻身飛身下樹。

雖然一人對三人，但是敏捷的身手卻顯得綽綽有餘。他一邊揮劍抵擋，一邊從腰間扯下繩索，先制服了一名捕快將他的雙手反綁在身後，再踢暈另一人，接著剩下的這人就更顯得輕而易舉了。這樣的過招真不過癮，得處處手下留情，以不取人命爲優先考量，這人把三名捕快綁在一起扔到暗處。

衙門屋頂上也是一番激烈的廝殺。七、八名捕快對付兩名高手，抵抗不了多久全都被踢下屋頂。一個黑衣人飛身上了屋頂，角色互換，兩名高手對付另一名高手，這高手手上沒刀也沒劍，才一會兒功夫，那兩名高手就被制伏在屋頂，他們的手肘和膝蓋的穴道被刺入普通的縫衣針，動彈不得，連劍也拿不起來。

埋伏在衙門外圍的百來名捕快，全都被制伏了。

三名高手來到後門，打算撬開門鎖進入牢裡劫走徐達。顧三捕快阻擋了他們，三個人聯手對付顧三，一個甩著布條鉛錐，一個握著半圓大刀，另一個抬腿又踹又飛踢，顧三漸漸敗下陣來，手腳都受了傷。

當一條包覆著鉛錐的布條正飛向顧三右邊膝蓋的時候，一個蒙著頭、罩著臉、身材高瘦的黑衣人俐落地踢飛了鉛錐，這人的手上沒有刀也沒有劍。

「莫非閣下就是昨日逮住徐達的針線俠？」手上握著半圓大刀的韋萬二問著。

黑衣人不說話，不點頭，不搖頭，不做任何回應。

「這位俠士為何和我們過不去？我們要討回的只不過是『名譽』二字。」

黑衣人依然不說話，不點頭，不搖頭，不做任何回應。

「徐達雖然是一名小偷，但這次完全是義務參與，他同意事後會歸還所有偷來的東西，只是他還沒歸還就讓閣下縫在樹上了。」手握鉛錐布條的魯赫說著：「這次讓他走，下次你再逮住他，我們絕不出手攔阻。」

黑衣人依然紋風不動。

「既然閣下執意如此，我們就不跟你客氣了。」

二人同舉起手上的刀劍，另一個人則轉著手上的布條，布條底部是一塊沉沉的、磨得尖尖的鉛塊。

不管那劍從那個方向劈過來或刺過來，黑衣人始終有辦法閃躲。他的身體像一塊軟軟的棉花糕，想怎麼彎就怎麼彎，想怎麼閃身就怎麼閃身，想怎麼彈跳就怎麼彈跳。最後那兩名使劍的被黑衣人手上的針給制伏，剩下那名甩鉛塊的高手。此時，月亮又躲進雲裡，那人一個假動作，黑衣人誤判他要將鉛罐往胸口扔過來，當他的腰往後彎時，那鉛塊正好落在他右腳的小趾頭上。他忍著痛，即時往上彈飛起來，快步走過衙門屋頂，消失在黑暗中。

執鉛者立即幫那兩人拔除手腳上的針，想踹開衙門後門時，簡植大捕頭帶著一批捕快趕了過來。三人中有兩人受了傷，他們明白自己處於弱勢，趕緊離開了衙門，也消失在黑暗中。

天才剛亮，顧三和五名捕快押著徐達走出衙門，出發前往塔伊鎮。這個時間也是大多數營生小販或是商旅起程的時間。

清晨，人多，不寂靜。

葛青、魯赫等人站在老劉家池塘的柵欄邊給徐達送行。

人來人往的，不能在這時候劫囚。

他們眨著複雜與愧疚的雙眼為徐達送行。當六名捕快押著徐達經過他們身邊時，葛青對徐達說：「徐達，我們欠你一個情。」

「我們會去塔伊鎮給你送冬衣。」魯赫說。

「幾年就出來了。」韋萬二說。

「沒能把你救出來，是我們窩囊。」歐陽勁說。

徐達沒抬眼看他們一眼，只是聽他們說話的聲音他就生氣。

「我這輩子從沒後悔過，但是，現在我後悔死了。我到底哪根筋不對，為了一根鐵杜跑來牛頭村招惹一頭牛？鐵杜上又沒我的名字，我好端端招惹一頭牛幹什麼呢？」徐達哀怨地說著。

「徐達，你的義氣，江湖不會忘。」葛青提高音量對著徐達的背影說著。

徐達已漸走漸遠。

徐達也提高了音量回說：「別跟我說義氣，我身上沒那東西。我恨你們。江湖就是個屁。」

一隻烏鴉「嘎嘎嘎」一邊叫一邊飛過峽谷。

嘎嘎嘎，牠似乎滿同意徐達說的，江湖就是個屁，嘎嘎。

第十三章　誰是縫線俠？

小浩子天還沒亮就起床了。他先到三口泉那兒挑了兩桶水回來，生火煮水，蒸饅頭，炒酸菜辣醬；接著拿著蘆葦做成的掃把掃地，不能只掃店裡，店外的整條石子路也要掃。

「爲什麼不能只掃咱們店門口而要掃整條馬路？這不是讓別的店家佔咱們的便宜嗎？」小浩子曾經不滿地抱怨著。

「把地掃乾淨，你走起來舒服，我走起來舒服，老粗師傅走起來也舒服，我們爲自己掃地，誰佔我們便宜了？」小粗師父大聲地說著。

「他們……他們……」小浩子覺得還有點問題。

「他們只是順便走起來舒服而已。」小粗師傅的結論就是，把整條路掃乾淨就是他的工作。

天已經大亮了，平常這個時間，小粗師傅已經坐在工作檯工作了。但是今天，小粗師傅還在睡呢，這是他來到補鞋鋪後從來沒發生過的事，小粗師傅竟然天亮了還在睡！老粗師傅叫小浩子別吵他，讓他多睡一會兒，反正店裡沒太多事。

「那我明天可以多睡一會兒嗎？」小浩子希望有一天也可以睡到太陽出來再起床。

老粗師傅喝了一大口茶後，指著外頭的石子路，扯著嗓門大聲地說：「你這個臭小子，你去牛頭村街上問問，有哪家的小學徒可以睡到太陽曬屁股？」

小浩子不敢再多說話，老粗師傅的嗓門真是嚇死人地大呀！

粗小皮終於睡醒了，他跛著右腳走到店鋪，禮貌地帶著歉意跟老粗師傅打招呼：「師傅早。我今天睡過頭了。」

「你的腳怎麼了？」老粗師傅注意到粗小皮的腳。

「在柴房的時候被掉下來的木頭砸到腳趾頭，不礙事。木頭堆太高了。」粗小皮一邊說一邊比畫，加強說明木頭如何從上頭滾下來。

粗小皮站在門口，看著陰沉沉的天，吹起強風了，把溪谷的泥沙捲得漫天飛揚，牛頭村幾乎要被風沙淹沒。粗小皮看見康亮穿著他特製的練功鞋，雙手捧著蒸籠送包子去了。蒸籠用布覆蓋著，免得風沙鑽進竹籠裡。

「讓讓，讓讓。謝謝。」康亮叫著。

街上只有他一人，但是康亮依然習慣性地喊著。一陣大風吹來，撼動了疊得老高的蒸籠，粗小皮緊張了，一顆心提到了喉嚨口，擔心蒸籠被風吹翻。

康亮似乎一點也不慌張，他感覺到蒸籠往右側傾斜，身體和雙手立即往右側靠過去平衡了那傾斜。這時一個人從路口跑了出來，粗小皮驚叫了一聲：「唉呀！糟了！要撞上了！」沒想到康亮一個俐落閃身，蒸籠彷彿黏在他手上似的，彎了一個優美的弧度，立即規矩安穩地回到原位，繼續跟著康亮前行。

康亮朝右邊道路轉過去，消失在路的盡頭，隱約還聽到他嘴裡嚷著：「讓讓，讓讓，謝謝。」

粗小皮從心底笑了出來。康亮知道風怎麼吹，他順著風，好像那是一種和風兒玩的遊戲。

一個鬍子拉碴[2]的中年男子走進補鞋鋪，看了一眼坐在桌邊喝茶的老粗師傅，接著看著粗小皮。粗小皮請這人坐在老粗師傅身旁。

這男子從隨身布包裡拿出一隻鞋，遞給粗小皮：「麻煩你補一下，壞了。」

「等嗎？」粗小皮問。

「等。補好了就帶走，省事。」那男子說。

粗小皮讓小浩子給客人端杯水，自己拿著鞋子，跛著腳走到工作檯前坐下。

粗小皮細看這雙鞋，縫線相當細緻，鞋底和鞋面都清理得相當乾淨，肯定是家裡的媳婦縫的。粗小皮看了一眼那男子腳下穿的鞋，同一種風格。這人的媳婦手真巧，針線細緻密實，鞋面是好幾層粗布縫製，看來是惜物之人。粗布是從舊了、薄了的衣服剪下

---

2 鬍子拉碴，指的是滿臉鬍子雜亂沒整理的樣子。

來縫成的。鞋底也是由千層布縫製，最底層接觸地面處則用麻繩編了個鞋底，再縫上千層布。這樣的鞋舒適又耐穿，但是這隻鞋鞋尖縫線斷裂，開了一個大口。這鞋壞得很不自然，不像走遠路走壞的，比較像有誰用刀割斷縫線。也許是夫妻倆吵架，妻子賭氣把鞋割破不讓他出門。誰知道呢？縫這種布鞋一點難度也沒有。

「小師傅的腳受傷了？」那男子問。

「是啊，被木頭砸的。不礙事。」粗小皮說。

坐在桌邊喝茶的老粗師傅抬起頭來看了那人一眼，開始晃著蹺在另一隻腿上的腳：

「這位大爺打哪兒來呀？」

「西大城。」那男子說。

「西大城來的。咱們這牛頭村好久沒這麼熱鬧了，但是這熱鬧呀，是嚇死人的熱鬧，過兩天就要有事了。」老粗師傅看著那男子的背影說著。

「過兩天有什麼熱鬧祭典可看嗎？」那男子問。

「是有個祭典，在涼茶亭有個祭拜儀式。很普通的祭拜儀式，祭拜那些因公殉職的捕快們。」老粗師傅說：「儀式沒問題，是那天會有事。」

粗小皮抬頭看了老粗師傅一眼，師傅今天怎麼話這麼多呢？那天會有事？因爲在村裡頭走動的陌生人太多了。

「我不愛看熱鬧，看熱鬧很危險。我要去雷爾鎮，非得路過牛頭村。」那男子看著粗小皮說著：「這幾個村鎮走一趟來回，就得走壞一雙鞋。」

幾個客人走出麥家客棧，在客棧前庭的圓桌旁坐下，他們朝著鞋鋪看了幾眼。

「可不是嘛！路遠又難走。」老粗師傅應和了一句，隨即又問了一句：「你這鞋是你媳婦兒縫的？」

「欸，是我媳婦縫的。」那男子說。

「那你怎麼不把那雙壞了的鞋帶回去讓你媳婦兒補一下呢？省錢嘛！是吧！」老粗師傅又問。

那男子遲疑了一下，才支支吾吾地說：「吵……吵架了，我媳婦……不肯縫。」

「嗯，那就沒辦法了。」老粗師傅說。

小浩子在一旁聽那男子說到雷爾鎮，沒來由地插了一句嘴：「你看那塔伊鎮和雷爾鎮名字多好聽，這牛頭村名字咋這麼老土呢？」

「大人說話有你插嘴的份嗎？」粗小皮立刻喝叱小浩子。小浩子摸了摸鼻子，癟了癟嘴，走到包子店去。粗小皮聽見康亮笑他：「看吧！沒大沒小，被罵了吧！」

「補好了。」粗小皮起身，跛著腳走出工作檯，將鞋子遞給那男子。

那男子接過鞋後，笑著對老粗師傅說：「這鞋縫得又快又好，想跟你多聊聊都不行。」那男子掏出錢幣付錢，臨走前對粗小皮說：「小師傅的手藝真靈巧。」

你媳婦的手也很巧呢！粗小皮的話到嘴邊又嚥了回去。老粗師傅說過：「你的工作就是補鞋，做好你的工作，其他的事都別管別問。」

「小師傅去過西大城沒有？」那男子欲走還留，拉著粗小皮問了一句。

「沒呢，只去過雷爾鎮。」粗小皮笑著說。

「西大城比雷爾鎮大得多，也熱鬧多了。有機會去走走，我住在南城門街，開了一間小茶坊，歡迎你來喝茶。」那男子熱情邀約著。

「謝謝你的邀請，我記住了，南城門街的小茶坊。」粗小皮客氣地回話。

「你從西大城這麼遠的地方到我們雞蛋這麼大的牛頭村，買茶呀？我們這兒不產茶呢。」老粗師傅好奇地問著。

「四處走走看看，有時會有意外收穫呢，有些珍稀品種就是可遇不可求啊。」那男子說完，連忙鞠躬哈腰地說：「唉呀，話多了，我忘了還要趕路呢。」

粗小皮送走了客人，一轉頭便發現葛青那一幫人站在石階上正盯著他看。

「小師傅，腳受傷了？我們這兒有人懂點醫術，要不要幫你瞧瞧啊？」葛青表情認真地問著。

粗小皮揮了揮手說：「謝謝各位大爺，整理柴房的時候被滾下來的木頭砸到，不礙事，還能走。」

那幾個人輕聲說著話，但是粗小皮卻聽得清清楚楚。

「小師傅個子太瘦小了。不是他。」

「這個叫老粗的，是不是都不讓孩子吃飽呀？瘦成那樣。」

「到街上走走吧！看看誰的腳跛了。」

粗小皮走到師傅身旁，倒了杯茶坐下。他一邊喝著茶，一邊看著那幾個人走出客棧，走向大街上。

葛青那幾個人走進耐磨耐穿補鞋鋪，艾吉正在裁一塊牛皮。

「在忙哪，師傅。」

「大爺們補鞋嗎？」艾吉習慣性地看了一下這幾個人腳上的鞋，每一雙都是普通的鞋，只有一雙是好鞋，那雙鞋從鞋底到鞋面全是皮革。這鞋的主人是個中年男子，膚色黝黑，腰間掛著兩條沉沉的布條掛飾。

「我們只是看看。」他們在店裡繞了一圈，看看艾吉走路的樣子，再摸摸架上的鞋，便走了出去。接著他們來到「巧手藝補鞋鋪」，同樣在店裡繞了一圈，東摸西摸後才走出去。

「那縫線俠絕對不是這三家鞋鋪的補鞋匠，那身子骨看起來都不是練武之人。」韋萬二說：「那個小師傅在古道上幫我補過鞋子，從那表情看來就是一個快樂的補鞋匠。」

「縫線俠比簡植更難對付。」魯赫說。

幾個人經過衙門，簡植大捕頭領著幾名捕快正要進衙門，兩隊人馬在榕樹下錯身而過。沒有交談，眼神沒有交流，彷彿他們從來就沒見過面，沒交過手，簡植走進衙門，那幾個人走向涼茶亭。

他們看見武傑站在鐵柱前看著上頭的名字，還伸手摸了幾下。

「旁邊還有一根鐵柱，不知閣下可曾見過呢？」葛青說。

「旁邊這根？」武傑指著旁邊空空的位置說：「當然當然，它一直都在不是嗎？我見過，也聽過，也熟知上頭的每一個名字。」

「每一個名字？」葛青可好奇了。

「是的，每一個名字。要我唸給你們聽聽嗎？」武傑認眞地問著。

這幾個人無法隱藏臉上的驚訝，這人的牛皮吹得可眞大呀！

「我們想聽。請。」歐陽勁說。

「好的，如果快中有錯，還請各位指正。」武傑往右側挪移了幾步，假裝面前有一根鐵柱，逐一報出了鐵柱上的名字：「烏立、宋顯、馬騰、程成、焦路遠、嚴小霞、秦勤、許林林、曹送、何勁、林大志、上官文武、項飛龍、蔡奇俠、張照、駱文泰、司馬強、董之亮、田常、祝家孟、梁軍、歐陽義、包東、龍信、華曉工、刁明、竇直、高大川、武大山、朱子瑞、田禾豐、夏大川、盛一傑、上官寧、左前方、韋萬二、魯赫。」

在場的每一個人彷彿被誰點了穴道一般，愣著聽武傑唸完所有的名字。那些名字是他們熟悉的，第一個到最後一個，三十七個名字完全正確。

武傑看著葛青，收起臉上的笑容，緩緩地說著：「葛青，上頭沒有你的名字，第三十八個應該是你的名字，但是，你這位勝利者誕生得很曲折，你不僅沒有名字，還因爲有三個人死在你的劍下，你被送進西大城蹲了十三年的監牢。才剛剛出來吧！」

因爲太驚訝，這幾個人完全說不出話來。這人是敵是友？爲何清楚每一個細節？

「請問閣下尊姓大名？莫非你家人的名字也在鐵柱上？」

「在下武傑。鐵柱上……嗯，沒有我家人的名字。」武傑說。

「那，你怎麼……」

「呵呵，我只是剛剛好有興趣而已。」武傑輕鬆地說著。

「有興趣記下所有人的名字？」

「我又剛剛好記性不錯，過目，就記住了。」武傑笑著說。

「這根武林鐵柱十多年前就消失了吧！閣下何時見過這根鐵柱？依閣下年紀推測，如果你眞的見過鐵柱，當時應該只有十來歲吧！」

「告訴你們實話吧！這根鐵柱從來就沒有消失，它一直都在這裡，一直都在。只是有人看得見它，有人看不見。我就是看得見的那個。你們也是。」武傑指著無形的鐵柱說著：「不然我怎麼知道司馬強後面是董之亮，然後是田常、祝家孟、粱軍？他們就在這個位置。」

「鐵柱在你那兒？」韋萬二激動地說著。

「我剛剛說過的呀，鐵柱一直在這兒，韋先生。」武傑說。

「我聽你說瘋話。」刁明滿臉不屑地揮了揮手說。

「我不說瘋話。刁明，是吧！閃功了得，只在對手露出疲態的時候攻擊，所以，就算只會閃，閃出一個極致，就能在鐵柱上刻上名字。」武傑依然帶著微笑說話：「歐陽勁先生，你的名字也不在上面，你會出現在這裡我滿驚訝的。你來，也許是為了……」武傑停了下來，看著歐陽勁。

「為了，呵呵，也許會有一場武勁大賽。」歐陽勁爽快地說著。

「你到底是誰？」魯赫問著。這人絕不是泛泛之輩。

「我是誰不重要，我只是對那些想把名字刻在鐵柱上的人很有興趣。像你們，我就很有興趣。」武傑看著葛青這幾個人說著。

「然後呢？」葛青歪著頭問著。當他懷疑某件事或某個人的時候，他就習慣這樣歪著頭說話。

「沒有然後啊，看見各位大俠還能和你們說上兩句話，甚幸。」武傑朝著他們打了一個揖後，微笑著離開涼茶亭，緩緩走下斜坡往森林裡走去。他一邊走一邊吟唱著：「江湖，未曾遠去；武林鐵柱，未曾消失。那些人在千里古道上揮劍，多少名字在風中哭泣。我捲起長袍，走入叢林，瀟灑而去，讓那江湖在背後孤寂……」

「這人知道我們每一個人的名字。」韋萬二沮喪地說。

「知道我們名字的人可多了，老粗師傅和老鐵，他們也沒忘了我們。」葛青說。

「步伐穩健，不像受過傷的人。」魯赫說：「他不像黑衣人。」

「那點傷對某些人來說只是擦破皮。」葛青說：「他也許是那黑衣人。」

「你看過武林鐵柱，但你記得所有人的名字嗎？老實說，我記不住。」刁明對歐陽勁說。

「我頂多記住十幾個。」歐陽勁說。

「這個武傑若不是絕頂聰明，就是他和這些事件有關係。」魯赫說。

「也許是簡植請來的幫手。」葛青說。

「明天就是祭日了。」韋萬二說。

「是啊，事情到頭總要有個交代的。」葛青說。

第十四章 火燒衙門

這天是牛頭村一年一度的英雄祭日，祭拜那些為了社稷安危而犧牲性命的捕快弟兄們。這一天同時也是以往武勁大賽的日子。

這天，牛頭村顯得更加熱鬧，涼茶亭前前後後擠滿了人。家屬來祭拜他們的父親、兄弟、兒子，其他的人來緬懷那些壯烈的歲月，說一說、聽一聽那些江湖上的故事。

牛頭村衙門一早也備妥了烤豬、烤鴨和各式甜點，帶領著眾多捕快弟兄們來到涼茶亭。鐵柱旁的幾張長桌上擺滿祭品，一柱柱檀香上飄著淡藍色的輕煙。

老粗師傅也帶著粗小皮和小浩子來到涼茶亭。這是一個重要的日子，這一天，牛頭村沒有一間店開門做生意。鐵柱上刻下的每一個名字都是他們的鄉親朋友，這天不能做生意，要到這兒來表達最誠摯的想念，以及感謝他們的付出。康熊、康亮和康亮他娘也提著兩籠包子來了。麥甜和她的爹娘是一定要來的，因為她的爺爺就是其中一名犧牲的捕快。

粗小皮看見武傑了，他竟然剃掉他的長髮，綁上一條黑色頭巾，一臉憂傷地站在祭拜人群中。

簡植大捕頭拿起一炷香，對著鐵柱恭敬地鞠躬後，紅著眼眶說：「弟兄們，今天這個特別的日子，捕快弟兄們全來了，你們的家人也都來了。牛頭村衙門以及牛頭村每一個村民，會傾盡全力維護千里古道的正義和寧靜，以慰弟兄們在天之靈。弟兄們，簡植和牛頭村民謝謝你們了。」

所有人拿著香跟著簡植大捕頭拜了幾拜。

「今天就和大夥兒一起暢飲吧！」簡植大捕頭端起一杯酒，俐落地朝天空潑灑。

康亮來到粗小皮身旁問著：「你聽說了嗎？」

「聽說什麼？」

「幾天前的夜裡，有人企圖闖衙門想劫走囚犯徐達。」

「是嗎？從哪裡聽說的？」粗小皮露出驚訝的表情。

「我送包子到歇腳客棧，店小二聽住店客人說的。」

「結果呢？劫走了嗎？」

「沒有，一陣廝殺之後，出現一個黑衣人制伏所有的人。不過，聽說黑衣人受傷了，其中一隻腳被鉛錐俠的錐子擊中，腳跛了。他們那幫人整天在街上走來走去，找尋跛腳的人。跛腳的人很有可能就是黑衣人。」康亮看著粗小皮的腳，裝出一臉驚訝說著：「我剛剛看你的腳好像有點兒跛，你不會是那黑衣人吧？這麼巧，整個牛頭村就你一個人傷了腳趾頭？」

「就這麼巧。」粗小皮換了一個調皮的口氣問著：「我說我是黑衣人，你信不信？」

「哈哈哈，我信，信你個二十一尖山群峰啦。」康亮說：「如果你是黑衣人，那我就是……」

「就是什麼？」

「我就是……」康亮想了半天也想不起一個名號響噹噹的江湖人物，只好沮喪地說：「我就說嘛！江湖上早就沒人了。」

「徐達現在還在衙門牢裡嗎？」粗小皮問。

「徐達隔天一早天還沒亮就被押往塔伊鎮，養鴨老劉和他的鴨子們都看見了。」

「你的功夫練得如何？」粗小皮指著康亮的練功鞋問。

「穿久了就沒感覺了，習慣那重量了。」康亮說。

「要再加點重量才行。」粗小皮腦子轉著，想著還可以怎麼改裝練功鞋。

祭拜儀式結束後，所有人席地而坐，只是安靜坐著，聽著從第一尖山一路吹到十三尖山的風聲，聽著鳥鳴，聽著水塘鵝群粗啞的叫聲。親愛的弟兄朋友，這特別的一天，就讓我們這樣安靜地陪伴著，再想一遍曾經一起生活的那些日子，想著你們的樣子。我們會這樣一年又一年地想下去，絕對不會將你們忘記。

今天的風特別大，呼呼地吹著。有人的毛帽被風吹跑了，站起來追的時候，發現村子裡冒出濃煙，嚇得尖叫起來：「著火了，著火啦，著火啦！」

所有的人都起身朝濃煙的方向看去，風把黑煙吹往另一頭去了，難怪沒聞到煙味。簡植大捕頭連走帶跑地衝下涼茶亭，看見著火的地方正是衙門！

衙門著火了！衙門著火了！

剛剛在涼茶亭的所有人一下子就衝到著火的衙門前，趕忙提水滅火。

大家議論著，怎麼著火了呢？

留守的捕快在屋裡嗎？他們有逃出來嗎？是有人放火吧！

這下糟了，這棟漂亮的木造老衙門就這樣燒毀了嗎？

沒有衙門可怎麼辦哪？匪類們可要造反了。

江湖要再起，要先幹掉簡植大捕頭。除不掉簡植大捕頭，只好燒了他的衙門。

一把火將衙門燒個精光。

全身溼透又一臉炭灰的簡植大捕頭，憂傷地看著只剩木炭空架子的衙門。空氣中飄著炭灰的氣味，風把木炭上尚未燒盡而冒出的黑煙吹得四散飛去。

「大捕頭，檢查過了，屋裡沒有人，沒有屍體，留守的捕快們都逃出來了。」顧三一邊抹去額頭上的汗水，一邊說著。

「眞是可惜了，簡大捕頭，多好的衙門，就這樣化成一陣煙。」葛青來到簡植大捕頭身旁態度輕蔑地說著。

簡植大捕頭怒瞪著葛青，突然大喝一聲：「來人呀，把葛青這一幫人以毀損公物罪拿下。」

衙門廣場上數十名捕快立即將葛青、韋萬二和魯赫等人團團圍住。

「簡大捕頭，你要捉拿人犯可得要拿出證據。你認爲是我們放的火，請問證據在哪裡？誰看見我們哪一個放火了？」

現場一片靜寂，人人面面相覷，卻一臉無奈。大家都去了涼茶亭啊！

簡植轉頭看著留守的捕快。

「後院的柴火堆先著火，當我們發現時，火已經蔓延到衙門裡了。」一名臉被燻黑的捕快說：「我們的確沒發現縱火的人。」

簡植感慨地嘆了一口長氣。

「俠，你們口口聲聲自稱俠客，大家都知道俠字代表正氣俠義。有人並非匪類卻死在你的劍下。如今你們放火燒了這間爲保護老百姓生命財產安全的衙門，只爲了報一己私仇，這俠字你們擔得起嗎？」簡植大捕頭冷冷地說著。

「我們本來是俠，是你，簡植，是你把我們逼成匪類。」葛青忿忿地說著。

簡植大捕頭轉頭看著葛青：「你們終於承認自己是匪類了。」

「那匪類是你說的。」葛青說：「要還的。在江湖混，欠下什麼情、什麼仇、什麼恨都要還的。」

「眞正的俠客不會去算計那些過往什麼情、什麼仇、什麼恨。啊，我忘了，你是匪類而不是俠客。」

「我要你在眾人面前給我一個解釋。」葛青轉身，對著還聚集在廣場前的人說：「請大家說個理，我們是以殺人為業的嗎？我們搶了誰的店鋪了？武勁大賽死傷難免，當我們踏上千里古道，我們就用腳寫下生死狀，生死自負。」

「任何形式的合同，通通無法凌駕在朝廷律法之上，包括文字簽訂的、口頭約定的，或是你們用雙腳寫下來的生死狀，也一樣受到律法的規範。自古殺人者死，我們送你去坐牢，已經是法外開恩了。」簡植大捕頭說。

葛青無奈又悲傷地嘆了一口氣：「從第一屆的贏家烏立開始，這項武勁大賽持續了三十八年，每年都有人戰死古道。這麼多年的江湖規矩來到簡植手上，就一把推翻了。我們變成匪類，叫我們情何以堪？」

「敗壞的江湖規矩就得糾正，武勁大賽到最後那幾年已經全然失控，衙門必須使用非常手段。」簡植大捕頭說。

「非常手段，哼哼，你們使用這個非常手段之前，可有事先貼出告示警告？」葛青反問。

簡植遲疑了好一會兒才說道：「我們派出眾多捕快布局在千里古道，那就是我們的告示。」

「簡大捕頭，你這不是強詞奪理嗎？」葛青冷笑了幾聲：「如果你事先在塔伊鎮和雷爾鎮的千里古道入口處張貼『殺人者送辦』，我們會收斂，會手下留情。但是你有嗎？當我們認爲這一切都是江湖事，你們要伸手進來干預，不用打聲招呼嗎？」

簡植緊抿著嘴唇，他知道在這個論點上他失去支撐點了。

「你的非常手段，硬是把我們送進監牢，我們的家人從此抬不起頭來，因爲他們變成匪類的妻子和兒女。我在坐牢的這十三年，他們忍受不住指責遠走他鄉，不知去向。我如今一無所有。我們只有一個要求，交出鐵柱，恢復我們的名聲。」葛青眼眶泛紅，眼裡有淚。

廣場上的村民們議論起來：

這人說得挺有道理的，江湖人處理江湖事。簡植大捕頭簡直是個槓子頭[3]，是不是管過頭了？

話不是這麼說，對那些挨了一劍摔下懸崖死掉的人的妻兒和老母親來說，他們才不管你用腳還是用手簽下什麼鬼生死狀，他們只知道家人被殺死了，找簡植大捕頭要一個真相，簡植大捕頭可以說這是江湖事管不了，你自己把功夫練好自己去復仇嗎？不行嘛！武勁大賽也可以不死人嘛！那些自以為功夫了得就貿貿然走上千里古道的人，根本是去送死。

簡植大捕頭封鎖這項武勁大賽，不知救了多少年輕傻瓜蛋的性命，讓他們乖乖做事業養家。

那樣的人生會不會太無聊了？

怎麼會？不就是過日子嘛！

不過，沒有事先提個醒，就貿然插手江湖事，讓這些江湖人措手不及而觸犯了律法，應該罰他們維修古道，或是把禮讓彎鑿得寬敞些作為彌補，不需要用殺人犯送辦嘛！這不是毀人一生嗎？

「你們想怎樣？」簡植大捕頭終於問道：「要怎麼做才能澆熄你們胸口的怒氣？」

「把武林鐵柱交出來，撤走古道上所有捕快，重啓千里古道的武勁大賽。」葛青說。

簡植大捕頭心裡明白，終究要面對一群憤怒的江湖人。要平息江湖再起的紛擾，這場大賽看來是免不了了。

「只為了要一場武勁大賽就來燒毀衙門，你們還眞是光明正大啊！」簡植大捕頭嘲

---

3 槓子頭：是一種以炭火燒烤的硬梆梆麵食。常用來形容個性固執、強硬的人。

諷地說。

「非常時期得用非常手段。」葛青冷笑著。

「牛頭村的武勁大賽在十三年前已經正式結束了。」簡植斬釘截鐵地說：「要重啓，除非我死。」

葛青怒瞪著簡植，接著拔出劍，將劍尖抵著簡植的下巴：「我可以成全你。」

簡植紋風不動，臉上毫無懼色。他緩緩地說：「如果我的死，可以換來牛頭村以及千里古道的寧靜，我死而無憾。」

一陣狂風從溪谷捲過來，夾雜著風沙和落葉，也將衙門廣場上的炭灰捲得漫天飛揚。即便如此，廣場上的人沒有一個爲了躲避風沙而閉上眼睛或轉過身去，每個人都看著簡植和葛青，一場廝殺就快要展開。

一個白髮蒼蒼、鬍子也一片銀白的老先生從人群中走出來，他走到簡植大捕頭和葛青的中間，輕輕按下葛青握劍的手，說：「兩位，可以聽聽我的意見嗎？」

「閣下是……？」葛青問。

「我是烏立。那根鐵杜如果還在，刻上去的第一個名字就是我。」

現場一片譁然！

哇！烏立，第一年千里古道武勁大賽勝利者，歲月催人老呀！老成這樣我們都

不認得了。

「久仰了，烏大俠。」簡植大捕頭和葛青都恭敬地說。

「已經五十一年過去了，我們當年第一場武勁大賽，是眞正的武術切磋。在那狹窄的古道上比武，難度很高呢，很難大展身手，因爲頭頂就是岩石，一側是岩壁，另一側就是懸崖。你得小心自己不要摔下懸崖，也要留意不讓對手摔下去。雖然還是有輸有贏，全身有傷，但是，那比武的精神讓每個人激動，而更愛練武，因爲你能和每一個走上千里古道的人交上朋友。只是，後來，競爭愈來愈激烈，東大城、西大城、塔伊鎮和雷爾鎮大大小小的武館都想在這裡揚名天下，每一刀每一劍都想致人於死。所以，停了也好，我能理解簡大捕頭的堅持，保護每一個人的生命安全。」烏立停頓了一會兒，看著圍觀的人群。

「葛青小老弟說的話也有幾分道理，說他有委屈，也眞有幾分委屈。」烏立說：「我有個建議，也許可以參考一下，大家都想解決問題是吧！」

「烏大俠，請說。」簡植大捕頭說。

「我們就來一場小規模的武勁大賽，一邊是葛青這一隊，另一邊是衙門這一隊，兩隊各派出十名，就在衙門廣場進行。如果葛青這一隊贏了，衙門重新將武林鐵柱插上原址，重啓每年一次的武勁大賽，這大賽講究武術較勁，絕不取人性命。如果衙門贏了，葛青這一邊永遠不再追問鐵柱下落，也不能要求重啓武勁大賽。」烏立看著大家問著：「大家覺得如何呢？」

簡植大捕頭似乎也沒有其他選擇了。如果他們這一方輸了，接下來的武勁大賽都能遵守不取人命的武術較勁的規則，他也能同意。

葛青臉上緊繃的線條終於放鬆了，他看起來似乎有十足的把握能贏得這場對戰。他撥開批散在臉上的頭髮，說：「我們這邊的名單已經確定，不要說我們江湖人欺負你們，你們可以很有彈性地派出十名，隨時替換也沒關係。」葛青說：「哪一方的十個人先敗，就算輸了。」

「不取人命，只是武術較勁。」簡植大捕頭說。

「不取人命，只是武術較勁。」葛青說。

簡植大捕頭心裡數算著，他手邊可用的名單不超過五個，剩下的人去哪兒找呢？

「三天後，就在這裡。」葛青說完轉身便想走。

「等一等。」麥家客棧掌櫃麥大江走出來對著葛青說：「這位客倌，你在我們麥家客棧住了好些天了，我現在要請你們搬出去。」

「欸，掌櫃的，我們每天都有結算房錢。」葛青不解。

「這不是錢的問題，你們放火燒了我們的衙門，傷了我們的捕快，還讓我們的捕快弟兄們連張休息的床都沒有，我得招呼他們。」

其他客棧掌櫃也紛紛跳出來，提供住房給捕快弟兄們。

簡植大捕頭伸出手來制止：「簡植代替所有弟兄們謝謝大家了。但是，來者是客，這不是我們牛頭村的待客之道。村子裡還有幾間無人居住的空房，我們暫時搬去那兒住，大家如果想幫忙，就請將家裡多出來的棉被枕頭等家用物品送來暫時借用。」

雖然簡植大捕頭不讓各家客棧對江湖人士下逐客令，但是住在麥家客棧裡的葛青這一幫人，還是決定搬離麥家客棧，住進十三尖山西邊山區裡的一間破廟。

康亮捧著兩籠包子來到麥家客棧。

「康家剛出爐熱包子，免費招待。」康亮一進客棧便扯著嗓門大聲嚷嚷。

「免費招待，這麼好。」麥甜正在掃地，放下掃帚接過包子蒸籠。麥大江和麥大娘從二樓走下來。

「我爹說，等捕快大哥們住進來了，我們再多送幾籠包子過來。」康亮說。

「我們牛頭村啊，該團結的時候就會團結。」麥大江說。

「當葛青說要各派十名高手出賽的時候，我看見簡植大捕頭面有難色，他去哪裡找來十個高手哇！」麥大娘擔憂地說著。

「我們有黑衣人哪！黑衣人一個人就抵十個人。」康亮說。

「但是這黑衣人是誰哪？」麥甜問著。

「別擔心，需要他的時候，這黑衣人就會跳到屋頂上幫助我們。」康亮激動地說。

「他為什麼要跳到屋頂上啊？」麥甜問。

「身手不凡的高手通常都是這樣現身的。他們一蹬腳就飛上屋頂，然後就可以悄悄地從這家屋頂跑到那家屋頂，不發出半點聲響，也不踩破半片屋瓦。」康亮比手畫腳地說著，彷彿他就跟在那人身後似的。話題一轉，康亮興奮地說著：「我有在練功喔，現在的功力就是身輕如燕，你們想看嗎？」

麥大江、麥大娘和麥甜非常感興趣地點點頭說：「想啊想看，快讓我們瞧瞧。」

康亮非常開心地將衣服下襬塞進腰帶，煞有介事地摩擦了手掌輕跳兩下後，半蹲，接著一個彈跳，雙腳跳上長凳子的一側。結果他重心不穩，摔了下去，高高翹起的板凳迎面敲上康亮的頭，把他給敲暈了。

「唉呀唉呀，怎麼會這樣呢？」麥大江、麥大娘和麥甜三個人趕緊趨前察看，緊張地搖著喚著康亮的名字，希望他醒過來。

大約三個呼吸的時間，康亮眨了兩下眼睛，又昏了過去。麥大江抱起康亮，跑下階梯走向康家包子鋪，麥甜在後頭跟著。

「咋回事呢？只是送個包子咩，也能撞成這樣？」康亮他娘看到了康亮額頭上的大腫包。

「他就在練功咩！」麥甜學著康亮他娘的口音說著。

「這傻瓜一天到晚瘋練功，他是那練功的材料咩？真是。」康亮他娘拿來溼毛巾敷在康亮額頭上。

粗小皮看見康亮被麥大江抱進店裡，緊張地跑過來關心：「康亮怎麼了？」

「練輕功摔下板凳，又被板凳倒打一記咩！」康亮他娘說著：「傻瓜都知道要跳在板凳的中央才能平衡，這傻小子連這個都不知道，練什麼功啊！」

康亮漸漸甦醒，看見大家圍著他。他難為情地拿下溼毛巾，揉揉額頭那顆大腫包。

「康亮，你練輕功的時候，要把練功鞋脫下來。」粗小皮說：「穿著它太重，蹬不高的。」

「咋回事？摔成這樣？」康熊和老粗師傅一起走進店裡。

噢，有沒有那麼巧啊！練功失誤，撞出一個大腫包，所有認識的人剛好都看到！

康亮坐起身然後站起來，摸了一下額頭：「像不像包子呀？」

所有的人瞪著大眼睛看著康亮，眼神透著不安：「康亮撞壞腦袋了？」

「我要表演的就是這個，用板凳撞頭，這是鐵頭功，剛開始就會有這樣一粒包子的，包子退了之後，再撞一次，這腦袋就厲害了⋯⋯⋯」康亮煞有其事地說。

康熊打斷康亮的話：「你剛剛昏倒的時候，葛青來過，訂了十籠包子。」

「幹嘛給他們包子呢？餓死他們，他們燒了我們的衙門。」康亮不悅地說著。

康熊舉起沾滿麵粉的手，想賞給康亮一個大巴掌，但是看見康亮額頭上的大腫包後立刻縮手，接著破口大罵：「燒了咱們的衙門是不對的。這件事簡植大捕頭處理得不是很好，逼他們做出那樣的事。沒聽他們說嗎？他們只想討回名聲。那葛青多委屈，簡直是妻離子散，是我都會飛奔到牛頭村討公道的。就算是個壞蛋也會餓也應該吃包子。告訴他們不收錢，小店請客。」

康亮第一次見到老爹這麼生氣。

「你的頭還疼嗎？還能送包子嗎？」老粗關心地問著。

「你爹是對的。我們把他們趕出去，是因為他們得為燒了衙門付出代價，但是啊，他們還是得吃飯啊！」麥大江說。

「行行行，我送我送。」康亮不耐煩地說：「送哪兒呢？」

「送到山上破廟，葛青他們住在那裡。」康熊說。

「我送。粗小皮陪我去。」康亮轉頭對粗小皮說。

「行，陪你去，我們瞧瞧那些人去。也許誰可以教你兩招功夫呢。」粗小皮說。

「是喔，我怎麼沒想到這點，我還跟我爹說餓死他們呢！我怎麼這麼蠢呢？」康亮懊悔地敲了兩下自己的頭，唉呀疼死了，敲在大腫包上頭了。

粗小皮看見麥甜，順便問了一句：「一起去送包子？」

「才不呢，我要去編稻草了，我有個想法。」麥甜一溜煙鑽進了鞋鋪，坐在稻草堆中，開心地拿著稻草比畫著。

「小浩子。」粗小皮把在廚房煮水的小浩子叫出來，要他看著店。

「我可以一起去嗎？」小浩子請求著。他到牛頭村這麼久了，一天也沒出去玩過。

「不行。你的水還在爐子上煮，煮好了給老粗師傅泡壺茶。再過些時候你可以回塔伊鎮一趟。」粗小皮說完便走進包子鋪。

小浩子滿臉不高興地看著康亮和粗小皮離去的背影。康亮左手單手托著十個蒸籠，穩穩走著。小浩子忿忿地在心裡詛咒著：希望你被一顆石頭絆到腳摔倒，然後包子全掉在地上；還有那小粗師傅，他的腳還跛著，希望他的腳十天以後都還不會好。

第十五章 菜刀與鉛錐

康亮和粗小皮走過被燒成灰燼的衙門，走過水塘，劉千正在餵鴨子吃青菜。兩人走上牛角尖斜坡，來到涼茶亭。雷響站在鐵柱前，雙手背在身後，凸著肚子動也不動地看著鐵柱上的名字，彷彿正在讀一首古詩。他只講了一堂關於蚊子和鐵柱被打成斧頭的故事之後，就被禁止講任何東西了。簡植大捕頭震怒，覺得雷響在散播仇恨的種子。

「雷先生，你好。」康亮站在雷響身旁，一起看著鐵柱。

雷響轉頭看著康亮和粗小皮，微笑著說：「送包子啊？」

粗小皮看著雷響，在心裡回應了這句話：當然是送包子啊！難不成送鞋咩！

「雷先生還沒吃早餐吧！要不要吃顆包子？小店請客。」康亮認真地問著。

「這不是送給葛青那幫人的嗎？」

「他們一定很樂意請雷先生吃兩顆的。」康亮抬起右腳，俐落地將十籠蒸籠放在右腳的鞋尖上抵著，打開最上層的那個蒸籠，取出兩個還冒著熱氣的包子遞給雷響。雷響接過包子，連忙道謝。

「請慢用。」康亮右腳尖往上一頂，十個蒸籠往空中彈起，康亮伸手一個個接住。

「小師傅好功夫啊！」雷響眞心地讚美著。

「這算什麼功夫啊？誰都會。」康亮不以爲意地邊走邊說。

康亮和粗小皮走下斜坡，斜坡下有了兩條岔路，右邊的小徑往森林，就是發現紫嚕嚕獸的地方，左邊的小徑往破廟。兩人往左邊小徑走去。

小徑兩旁雜草茂盛，開著白的、黃的和粉紅色的小菊花。風輕輕地吹著，小草小花身輕如燕地輕輕搖擺著身體，一副非常舒適幸福的樣子。

那廟就蓋在樹林的邊邊兒，廟後面就是一片樹林，廟前是一大片草原。這麼好的地點，廟裡住持爲何要棄廟而去呢？村子裡傳說，有熊出沒，住持提水的時候被熊打死了，又有人說廟裡的住持曾經是江洋大盜殺人無數，後來醒悟剃髮爲僧，躲進十三尖山親手蓋了這間廟，但是他的仇家不放過他，追到這兒來。

「那住持還活著嗎？」粗小皮似乎在提問又像在喃喃自語。

「不是死了，就是逃了。總之不在這兒了。」康亮說。

廟前的草地上，葛青和其他人一派悠閒適意地坐臥在草原上，看著康亮和粗小皮由遠方慢慢朝他們走來。

「咱們的包子來了。」刁明伸展著雙手說著：「還眞餓了呢！」

「你看那小鞋匠的腳傷，整個牛頭村就他的腳受傷了。」魯嚇一邊拋接把玩著腰間的鉛錐一邊說著：「沒幾個人閃得過我的鉛錐。」

「身材不像，這個小師傅太瘦小了。那黑衣人比他高出個頭呢。」葛青說。

康亮來到這群人面前，鬆開捧著蒸籠的左手，蒸籠瞬間往下掉，康亮隨即伸出右腳用腳尖抵住最下層的蒸籠，然後輕輕放下。

「請慢用。」康亮說。

葛青從腰間的兜裡掏出銀兩，都還沒取出來就被康亮制止了：「我爹有交代，小店請客。」

「終於有人對我們友善點了。」葛青帶著微笑說著。

「送包子，希望我們手下留情是吧？」魯赫說。

「小師傅的頭怎麼腫成這樣？」韋萬二關心地問著。

「摔的。」康亮不想多說一句關於這腫包的事。

「有人欺負你？告訴我，我幫你教訓他。」韋萬二邊說邊拍著胸脯。

難不成你想教訓一張板凳？粗小皮腦海裡浮現韋萬二把板凳剁成碎片的畫面，忍不住笑了出來。康亮瞪了粗小皮一眼，示意他不要胡鬧。

「沒事，吃包子吧！還熱著呢！」康亮說。

九個人各拿了一籠包子坐在草地上吃了起來。

「我這籠怎麼少兩個包子？」刁明叫了起來。

「在涼茶亭請雷先生吃了。」康亮說。

「給雷響吃了，你瞧他那肚子，兩顆哪夠啊？」韋萬二邊吃邊評論包子：「這包子做得有水準，好吃。皮薄且內餡的肉汁鮮甜。我可以去看你們做包子嗎？」

「不行，我爹的爹的爹傳下來的功夫，不外傳。」康亮仰著下巴說著。

「如果我教你功夫，你教我做包子，行嗎？」韋萬二說。

「那得看你教的是什麼功夫，我有沒有興趣。」康亮將雙手交叉放在胸前。

「哈哈，瞧你傲得像那二十一尖山群峰。」韋萬二待在牛頭村這些天學到了當地人有趣的用語，趕忙用上。「你等等。」韋萬二走進破廟，再走出來時，肩上背著一個牛皮製成的扁扁背袋。他當著大家的面，從背袋裡拿出一把半圓形的大菜刀。

「哇！」康亮忍不住叫出聲。那可不是普通人家用的菜刀啊，那是普通菜刀的十倍大，如果沒看見刀柄，會以爲只是一塊普通鐵片，準備要打成一個鍋子的生鐵片。

「我覺得你很適合做我的徒弟，我是廚師，你是揉麵團的，我們太像了。」韋萬二說：「怎麼樣？學不學？」

康亮一臉爲難。提著這麼重的一把刀上街、出門、行走江湖，一點也不瀟灑，還會嚇壞一堆婦女和孩童吧！

「我知道你在想什麼，這把刀會讓你看起來像個屠夫，對吧！」韋萬二拿起那把刀，看起來就像拿起一塊木板那樣輕鬆。他說：「這把刀叫做半月屠龍刀。看來沒給你示範幾招，你不知道我和這把刀的厲害。魯赫，咱們來練練身。」

魯赫將最後一口包子全塞進嘴裡：「先說好，只示範幾招，剛吃飽，還沒消化哪！」

魯赫取下繫在腰間的兩條布條鉛錐，兩人開始繞著圈子，尋找下手的機會。魯赫看著韋萬二的眼睛，手上的鉛條出奇不意地朝著他的腿部甩過去，立即被韋萬二的大刀擋了回去。魯赫收起第一條鉛錐，第二條鉛錐已經甩出去了，這次朝頭部攻擊，韋萬二舉起大刀再度擋下，這次不僅僅擋下，還使了勁兒將鉛錐撞向魯赫的重要部位。魯赫甩動鉛條改變了方向，雙腳彈飛，落地前來了一個快轉身，抓起雙錐朝韋萬二的兩隻小腿扔過去。韋萬二那粗壯的身體也輕盈地彈得半天高，巧妙地用大刀擋下鉛錐後，雙手扶在刀背上，呈現一個倒立的姿勢。魯赫收起鉛錐掛回腰間。

這幾個來回看得粗小皮和康亮目瞪口呆。

「你們要知道，魯赫和韋萬二贏得武勁大賽並不輕鬆。」葛青說：「你以為韋萬二只會擋嗎？他的擋其實也是一種攻擊。」

「那年啊，所有和韋萬二對上的江湖人，他們手上的刀啊劍的，全都砍鈍了、缺口了，斷了。」刁明笑著說：「還好我們不是同一年的對手，否則我贏的機會極小。」

「刁明和韋萬二這兩個人最著名的就是『閃』、『擋』功，兩個人都在閃，誰出招啊？這全是老天爺安排好的。」葛青說。

「但是，他們倆這樣下去，誰會贏啊？」康亮說。

「不曉得，他們曾經從上午太陽升起打到太陽落下，都還沒分出勝負。」葛青說。

「鉛錐不長眼哪！武功不高的人擋不了，被擊中要害就喪命了。」魯赫說。

「怎麼樣，小師傅，這功夫有沒有打動你啊？」韋萬二對康亮說。

康亮走過去試著從韋萬二手中接過大刀，大刀多沉啊，單手動不了它，雙手使力就能提起。

「嘿，沒幾個人可以舉起我的刀啊！」韋萬二假裝驚訝地叫著。

「我揮不動這刀啊！」康亮想舉過頭部，卻過了胸前就失敗了。

韋萬二輕輕鬆鬆地接過康亮手上的大刀，朝空中揮了兩下後對康亮說：「小師傅，從來沒有人是醒來看見手邊有一把很重的大刀，提起刀就走出房門去闖江湖的，從來沒有這樣的事。小師傅幾歲開始學做包子的呀？」韋萬二問。

「六歲生火，七歲剁豬肉，八歲揉麵團、包內餡、控制火候和時間，九歲獨當一面。」康亮得意地說。

「就是啊，沒有誰是一天就學會做包子的。任何功夫都一樣，得練。你得花時間練習這重量，學會了就是你的了，誰也奪不走。」韋萬二說。

康亮說：「這不是我期待的功夫，一點都不瀟灑，我不想學。我們得回去了，我還得揉麵團呢！各位慢用，吃完這些包子，再煩勞各位大爺將蒸籠送回包子鋪。」

「這位小師傅，讓我看看你的腳傷，我有藥，包準你明天就能跑又能跳。」魯赫將手搭在粗小皮肩上，關心地問著。

「不用了，小傷，不勞您了，傷也快好了。」粗小皮連忙揮手拒絕，趕緊走向康亮拉著他就要走。

「隨時改變主意都可以找我啊！小徒弟。」韋萬二在他們背後喊著。

兩人走遠了，粗小皮回頭看，那些人在破廟前看起來像包子那麼小的時候，粗小皮問康亮：「你不是很想練功嗎？怎麼不拜他爲師？」

「你有沒有搞錯？到哪兒都提那麼把大屠刀，姑娘只看我一眼就全嚇跑了。這輩子不想娶媳婦兒，就去拜韋萬二爲師。」康亮激動地說著。

「魯赫的鉛錐的確嚇人，如果他朝你的致命穴位攻擊，沒閃過肯定死了。不過，這人不是個壞人，他沒往死裡打。」粗小皮說：「不然你去拜他爲師。」

「我看了他幾眼，他的眼神冷，不像韋萬二熱情。算了，我不要拜任何人爲師，我要自創武功。」康亮彎下腰撿了顆石頭朝前方扔去，石頭飛了三尺就墜落了。他撿起另一顆石頭遞給粗小皮：「你扔扔看，看誰扔得遠。」

粗小皮拋了拋石頭，舉起手準備要扔，忽然想起什麼，隨意將石頭扔出去，落點和康亮的沒差多遠。

「算了，你的力氣也沒比我大多少。」康亮聳了聳肩膀說：「咱們回去吧！唉，眞希望我爹也能找個小學徒，這樣我才有時間可以練功啊。整天做包子，眞膩啊！好想離開牛頭村。」

粗小皮看著康亮的背影，欲言又止。該怎麼告訴康亮，他可以把石頭扔上涼茶亭的屋頂上，甚至更遠？該怎麼說呢？康亮會怎麼想？康亮這麼想學功夫，怎麼做才能將這身奇怪的本事分一點給他呢？沒有那個藥粉根本辦不到吧？

粗小皮回到鞋鋪，一眼就看見草鞋牆上多了一個武功高強正在空中飛踢的稻草人，麥甜用黑炭將它塗成黑色，還撿了塊破布寫了「黑衣人」三個字掛在稻草人手上。這個麥甜眞是個有趣的姑娘，她用稻草說故事呢。

半夜下起了一陣大雨，雨點敲在屋瓦上乒乒砰砰響。粗小皮被雨驚醒，他輕手輕腳地提著油燈走到店鋪，打開一道門縫瞧著。外頭一片漆黑，只有雨聲。他看見麥家客棧最邊間的房裡透著燭光，微弱的光影隨著燭光的晃動而晃動。粗小皮看著燭光好一會兒，才縮回身子關上門。

粗小皮坐在工作檯前，就著油燈縫著牛皮碎片。

麥家客棧最邊間的客房裡，簡植大捕頭和幾個捕快還在商議武勁大賽的人選。

「我們毫無勝算。」顧三分析著：「這些都是武林高手，十個人裡有六個是鐵柱上有名有姓一等一的高手。歐陽勁那腳勁可眞厲害，那飛踢誰也躲不過。刁明像樹上的猴子那般機靈，閃功一流，磨到你累了，他才出拳。韋萬二是一名廚師，手上那把又重又沉的半月屠龍刀，能擋能砍。魯赫，腰間的鉛錐布條叫人喪膽啊！上官寧，他的石頭暗器也不容小覷。葛青，最後一次武勁大賽的勝利者，名字上不了武林鐵柱，還被你抓到牢裡，恨意加上他的快劍，此人不好惹！另外幾人，都是擁有雄心壯志，一心想奪武勁大賽贏家地位的練家子。」

「我們捕快的武術訓練遠遠不及這些高手，除非我們也號召各方好手加入陣容，否則必輸無疑。」岳林說：「也許劫囚那天出現的黑衣人，當天會出現。」

「沒有人知道他是誰。」簡植大捕頭說。

「他蒙著面，就是不想讓人認出他來，也許他是武林鐵柱上的某個人，不想讓別人知道他和簡大捕頭站在同一邊。」岳林說。

「我們派哪十個人出來呢？」顧三問著。

「還有時間，咱們再琢磨琢磨。」簡植大捕頭自己也不確定到底要安排什麼。去哪裡找十個人出來？

「我想只能這樣了，當天看情形再應變。」簡植大捕頭說：「顧三，找林師傅來，研究一下如何把衙門重新蓋起來。不管武勁大賽結果如何，牛頭村永遠需要衙門。」

「咱們沒銀兩蓋衙門了。」顧三說。

「武勁大賽結束後我會去東大城一趟。」簡植大捕頭說。

「雨下這麼大，千里古道的路肯定滑了。」岳林走到窗邊將木窗推開一道小縫，朝著黑漆漆的外頭說：「嘿，老粗補鞋鋪的小粗師傅還在工作呢。」

第十六章　武勁大賽開打了

麥甜又溜進老粗補鞋鋪了。鞋鋪裡不見粗小皮，只有老粗師傅在那兒喝茶。

「你又手癢啦！」老粗笑著對麥甜說：「一堆稻草都給你用光了，明天背伕來，要多訂幾捆才行。」

「老粗師傅，你也太誇張了，我才剷你兩畚箕土，你就說我挖了你一座山。」麥甜撒嬌地說。

她在稻草堆認眞地編織著什麼，一雙手忙得不得了：「背伕來的時候，可否幫我訂一捆藺草？我好喜歡藺草的香氣呢。」

「藺草還有一些，你就拿去用，想編什麼就編什麼。」老粗大方地說著。

一個頭上綁條碎花布巾、手裡提著布包的大嬸，來到鞋鋪門口張望著。粗小皮和康亮在包子店裡聊天，婦人經過時，他看了那大嬸的鞋，乾乾淨淨、完完整整，不確定她是否要補鞋。不一會兒，那大嬸才彆彆扭扭地走進鞋鋪。接著鞋鋪裡就傳出老粗師傅的喊叫聲：「粗小皮，快回來。」

粗小皮聽見老粗師傅喊人了，趕緊回到店裡。老粗師傅坐在桌前喝茶，滿嘴抱怨：

「輪到我這眼花的老頭顧店啦！小浩子跑哪兒去啦？」

「不知道，會不會在柴房？」粗小皮說。

「我想補一雙鞋。」大嬸說。

「等不？」粗小皮問。

「等，沒關係，我可以等。」大嬸一邊說一邊從布包裡拿出一隻鞋，小心翼翼地遞給粗小皮。

小浩子不見了人影，粗小皮自己搬凳子請客人坐下，並奉上一杯茶水。

粗小皮拿起那雙鞋愣著，這雙鞋不就是之前有個鬍子拉碴的男子腳上穿的那雙嗎？肯定是，粗小皮對人的臉沒那麼好記性，但是對鞋過目不忘。這鞋竟然壞在同一個地方，看起來是用刀子故意割破的。如果是穿壞的，鞋子邊緣會有很多摩擦的痕跡，但這雙鞋沒幾道擦痕。

他們爲什麼要這樣做？

粗小皮抬起頭來看那大嬸，大嬸也正眼睜睜地看著他，那雙眼睛還紅著呢！肯定是吵架了拿鞋出氣。拿鞋出氣肯定是跟錢過不去，瞧，這下要花錢補鞋了吧！

粗小皮拿起縫針正要下針，他的手彷彿被人點穴一般停止不動了。這雙鞋是全手工縫製的，自己補上不就好了，爲何要拿來鞋鋪補？如果是從腳上脫下來的，當然沒話說，但這鞋是從她的布包裡拿出來的，那鬍子拉碴的男子和這位大嬸走進鞋鋪是要補鞋，但看來補鞋不是他們眞正的目的。那麼，他們究竟是爲了什麼？

小浩子跑回店裡：「街上可眞熱鬧，到處都是人。」

「誰讓你去看熱鬧啦？」老粗師傅站起來吼著。

「我出去跑了一圈就回來了，沒逗留，眞的，用跑的。」小浩子喘著大氣說著。

「今天的大字寫了沒有？」粗小皮問。

「現在就寫。」小浩子拿出紙筆硯臺，磨著墨準備寫字。今天他準備寫「離別」這兩個字。

「你們這鞋鋪眞有人情味，傳授補鞋功夫，還教寫字。」大嬸說。

「得懂幾個基本的大字，否則連商號招牌都看不懂怎麼採購？連客人的名字都不會寫，怎麼做生意？」老粗師傅說。

「小師傅年紀這麼小就出師了。」大嬸看著粗小皮說。

粗小皮抬頭看了大嬸一眼，發現她又盯著自己看。他趕緊低下頭去，他不喜歡被這樣盯著看，他不喜歡那大嬸的眼神。粗小皮加快速度將鞋縫好，這樣的布鞋就連正坐在角落的麥甜都會縫。

「鞋縫好了。」粗小皮走出工作檯，將鞋遞給大嬸。大嬸拿出一枚銅幣交給粗小皮，接著拿著鞋子欣賞那縫線：「縫得眞好！」

粗小皮希望她快走。她卻站在那兒一會兒看鞋，一會兒又看著粗小皮。

老粗師傅看著這位客人，也希望她快走。

「謝謝小師傅。」她邊說邊看著粗小皮往門外走去，她終於要走了。

粗小皮第一次沒送客人出門口，他回到工作檯坐下，該補的鞋都補完了。他拿起一塊牛皮假裝忙著，心裡似乎有點明白他們看他的眼神裡藏著的東西。

那婦人走後，老粗師傅也跟著走出鞋鋪：「我去老鐵那兒。」

老粗師傅雙手交握在背後，一路跟著那婦人身後走。婦人拐向右邊巷子，老粗師傅也拐向右邊巷子。在前面轉角站著一個男子，婦人走向他。老粗師傅閃到牆邊，偷偷瞧著、聽著。那男子的鞋讓老粗輕易就認出，他就是不久前來店裡補鞋的那鬍子拉碴的男子，只是這回他把鬍子剃了。那張乾淨的臉讓老粗師傅心頭一驚，那或許是長大後粗小皮的臉。

「看到了吧！」男子小聲地說。

「看到了，他和你像模印似的。」婦人聲音哽咽：「原來想著，如果他過得不好，咱們就帶他回家用下半生補償他。如果他過得很好，咱們就一輩子不再踏足牛頭村。」

「他過得很好。」男子說。

「他補鞋的手藝眞巧。」婦人說。

「他姓粗。」男子說：「快走吧！別讓人看見咱們。」

「誰讓你那麼快就把鬍子剃了？」

「鬍子讓我難受啊！」

「不看武勁大賽嗎？」婦人問。

「不看了，心裡難受。」男子說：「孩子還在家等呢！」

男子和婦人走向了衙門廣場，朝著塔伊鎮的方向走去。

老粗師傅看著他們的背影，眼眶溼溼的。他吸了吸鼻子，嘆口氣，嘴角有一絲絲他自己和別人都不易察覺的笑意。

在角落編著稻草的麥甜似乎也看出那位大嬸另有所圖。一個陌生人拿鞋來補，怎麼會用滿滿關愛的眼神看著補鞋師傅呢？麥甜看著粗小皮，手上捏著幾塊牛皮碎片，沉著一張臉，動也不動地坐在那兒想著什麼。

「粗小皮，你知道我爲什麼這麼喜歡編稻草嗎？」麥甜對粗小皮說。

粗小皮抬起頭來，看著麥甜，不解地「啊！」了一聲。

「我說啊，這稻草眞的很有趣，你不理它，它就是一根稻草而已，風吹雨打之後就腐爛，回歸大地。但是啊，你用它做成一些東西後，它就是一個東西。讓人看了滿心歡喜的東西。」

粗小皮看著麥甜把做好的一雙小草鞋掛在老粗師傅的大草鞋旁邊，形成一種強烈的對比。

「那雙鞋小得連嬰兒都穿不下。」粗小皮站起來，走到草鞋牆前和麥甜並肩看著小

草鞋。

「肯定有誰穿得下。一隻貓或一隻狗。」麥甜很滿意自己的作品：「擺在這兒讓你們賣，會有人買的。」

「這小玩意兒還眞能讓人滿心歡喜。」粗小皮說的是眞的。麥甜成功地將他混亂的心轉移到這個小小的喜悅上。

他轉頭看著麥甜，她還在微笑呢。她把手放在下巴看著小草鞋思考的樣子，眞是好看。粗小皮第一次覺得麥甜眞是一個漂亮的小姑娘，當他發現自己竟然臉紅的時候，嚇了一跳，趕緊轉身回到工作檯前坐下，假裝忙碌。

麥甜又回到稻草堆裡，她說要多做幾雙小草鞋，和老粗師傅的大草鞋比賽，看誰的鞋先賣出去。

中止了十三年的武勁大賽即將在牛頭村開打了！雖然不是一對一的武術較勁，是鐵杜幫和衙門幫的武勁大賽，這也足以讓所有趕來牛頭村看熱鬧的人熱血沸騰。

這個消息很快就傳到塔伊鎮再傳到西大城，傳到雷爾鎮越過明鏡湖再傳到東大城。牛頭村湧進更多看熱鬧的人，就連老粗師傅家的柴房都住了五個人。

這天上午，衙門廣場已經擠滿了等著看武勁大賽的人。

牛頭村的店家都關上了大門，所有人都來到衙門廣場。千載難逢，也許是最後一場武勁大賽了，這時候還做什麼生意呢，無論如何都得去湊個熱鬧啊！更何況看高手過招，說有多痛快就有多痛快！

康亮、康熊和康亮他娘早早便來到衙門廣場佔個好位置。老粗師傅和老鐵、粗小皮和小浩子也擠進了康家身旁的位置。沒多久，麥甜一家人也擠了進來。

原來是衙門的位置空出一個大圓形，那裡就是武術較勁的場地。

韋萬二提著他的半月屠龍刀走進廣場，葛青、魯赫、刁明、歐陽勁、上官寧也走進來。葛青身旁跟著一個人，那個人讓大家都愣住了！

那人不是雷響先生嗎？

「雷先生怎麼會站在他們那邊？」康亮叫了起來：「看不出來他有什麼了不起的功夫。」康亮說：「除了抓蚊子。」

聚集在廣場上的民眾，年紀大的就在談論這些記憶中的人物，年紀輕的未曾經歷那紛亂江湖的，就在議論即將展開的武勁大賽。

你看看這一幫人，每個都身懷絕技，咱們的衙門幫要贏可不容易，他們一個人就可以打敗衙門幫十個人。

別長他人志氣，咱們的捕快可是簡大捕頭親自挑選的，沒兩下子還當不了牛頭村的捕快。不過，捕快的工作並不是參加武勁大賽，是要維持社會安全，阻止壞人欺壓百姓。面對這群江湖上的高手，咱們的捕快就要吃虧了。

簡大捕頭至少可以打敗三個。

葛青在監牢裡待了十三年，武功肯定都生疏了。

是啊，你看這些人都胖了。人老了誰不變胖？你看韋萬二的肚子都圓了一圈。

這幾天聽得太多了，那葛青胸口的恨已經形成一堵牆，再鋒利的劍都傷不了他。

這麼多人來到牛頭村，希望有人能握著劍跳出來為咱們衙門幫戰一場，我們這邊的人太單薄了。

鐵柱幫數來數去只有七個人。

應該是六個人，雷響是個書生，不算。

其他人在哪兒？

在人群裡，時間到了自然就會現身。

鐵柱幫可能認為刁明和韋萬二就足以應付，所以剩下的那幾個人還在千里古道上慢慢走來。

如果衙門幫輸了，就要還人家一根大鐵柱。

原來那根大鐵柱呢？

別急別急，武勁大賽就要開始了，無論如何，總會有個結果的。希望今天作個了斷，讓所有的人都閉嘴吧！

也許今天以後，江湖又要開始紛亂了。

你希望重啟千里古道上的武勁大賽嗎？

嗯，如果大家都可以遵守衙門和江湖一起訂出來的規矩，對牛頭村也不是一件壞事，如此一來，牛頭村這個山城就熱鬧啦！

衙門廣場擠滿了人，連附近幾棵樹的枝幹上也坐滿了人。

簡植大捕頭帶著三名捕快顧三、岳林、尙鋒走進廣場，外圍部署了百來名的捕快，以防有人趁亂鬧事。另有十幾名捕快在村子裡巡邏，以防竊賊趁機行竊。

簡植大捕頭和捕快們走到葛青這幫人面前。

兩方人馬客氣地躬身作揖。

葛青的目光在顧三、岳林、尙鋒的臉上掃了一遍後，露出困惑的神情說：「你們這邊爲何只派出四個人？準備提早認輸嗎？」

「我們抱持開放的態度，另外六個人在人群裡。」簡大捕頭看著人群說著。

葛青可不這麼認爲，他笑著說：「這麼肯定？」他環視人群後，繼續說：「我看見人群裡算得上高手的，名字都曾經刻在鐵柱上，也就是說，也許站出來的人，是站在我們這一邊的。」

「那麼，就等著瞧了。」簡大捕頭轉身對著廣場上所有的人說著：「爲了讓這場武勁大賽在公平的狀態下展開，我們請來武勁大賽名單上的第一人烏立烏大俠主持，並且判定輸贏。他是一位眞正的習武之人，在盜賊猖狂的時候，烏大俠曾經挺身而出，擊退盜賊，堪稱眞正的俠客。我相信他會做出公平的判斷。」

「烏立大俠也是我們敬重的人，他出來主持，我們非常同意。」葛青說。

烏立已經八十歲了，但是體態結實，行動敏捷，全身上下不見老態，在東大城開了間「千里古道武館」，有「千里古道第一武師」的稱號。

「牛頭村的鄉親們，咱們好久不見。第一次到牛頭村時，我還是個尚未娶妻的小伙子，爲了贏才來的。那年參賽的人多半一身俠氣，遇到武功不精的對手都會手下留情。後來競爭愈來愈激烈，那俠氣就隨風而去了。今天，這場武勁大賽以切磋武術爲主，誰受傷誰就輸，如果見對手受傷仍追殺者，也算輸了。

鐵柱事件紛紛擾擾這麼多年，這江湖規矩和衙門規矩到底要怎麼找到一個折衷，就靠今天這場武勁大賽了。無論結果如何，我們都要遵守彼此的承諾：葛青這方輸了，永遠退出千里古道；簡植這方輸了，交出武林鐵柱，重新立上，還他們一個公道，並重啓千里古道上的武勁大賽。」

衙門廣場寂靜無聲。

葛青站出來對著廣場上的民眾說：「今天，是個特別的日子。簡大捕頭承諾了這一個大賽，我們也承諾大賽結束後，會給牛頭村蓋回一棟衙門。」

簡大捕頭只是微微地點點頭。

「你希望誰贏呢，康亮？」粗小皮看著康亮問。

「噢，好爲難。」康亮抓下頭巾，抓了抓頭皮：「我希望誰也沒贏、誰也沒輸。」

「怎麼可能誰也沒贏、誰也沒輸呢？有比賽就有輸贏。我希望簡植大捕頭贏。」粗小皮說：「你希望葛青那一幫人贏對不？贏了，就有江湖了，你喜歡江湖。」

「好像是也好像不是，我也希望牛頭村安居樂業，不攪江湖濁水呀！」康亮爲難地說著：「結果怎樣都不是我們能左右的。」

粗小皮看了看康亮，看了看廣場上的人群，再看看葛青和簡大捕頭，他輕輕地嘆了一口氣，若有所思地等著即將展開的武勁大賽。

「好了，我現在宣布，武勁大賽開始。」烏立用蒼勁的嗓音大聲說著。

刁明拉起長袍下襬將它們塞進腰間，提著一把劍走了出來，擺好架勢等著。刁明那把劍簡直就是一把破劍，那劍刃就像老人嘴裡的牙，一大堆缺口，鈍得連青菜都切不了。但是，大家都知道，劍不是刁明最主要的武器，他最厲害的本事是「閃」功。

衙門幫的顧三站了出來。

「這個刁明的閃功了得，你攻他就閃，你累了、鬆懈了、沮喪了，他就找機會出拳出腳把你踢飛。但是他的身手已經不是當年奪得武勁大賽時的狀態，對付他最好的方式也是『閃』，記住攻閃交替。」簡植大捕頭提醒著：「別給他機會施展『怪貓轉身』。」

顧三率先拔劍。不管顧三怎麼劈，刁明就怎麼閃，彷彿他永遠早一步猜到那劍的走向。顧三依然凌厲地揮著他的劍，一劍比一劍更快更猛。顧三心想，看你那老骨頭可以閃到幾時，只要不給他雙掌著地的機會，先累了、鬆懈了、沮喪了的人會是刁明。但是刁明的身體相當柔軟，像輕飄飄的絲巾，就算對方揮劍招來的風對他都是種助力。

兩人從這頭打到那頭，沒牙的老先生已經吃完一頓飯了，兩人還沒分出勝負。終於機會來了，顧三先劈出一劍，趁著刁明閃身雙腳不穩的時候，側身朝著刁明的腳刺出他的劍，沒料到刁明竟然俐落地彈飛起來，身體在空中轉了半圈之後，雙掌觸及地面的瞬間用力一推，身體猛力彈起並將所有的氣運到他的右腿踢向顧三的腹部，將顧三踢飛到十步遠的地方。

哇！廣場上響起如雷的掌聲。這就是刁明著名的「怪貓轉身」。貓有九條命哪！你爬到最高的樹上把貓扔下來，貓在空中就翻好身準備輕盈降落。

「勝方刁明。」烏立宣布著。

顧三忍著傷痛爬起身，對著刁明拱手打揖後，退下。

刁明直挺挺地站著，等著第二人出來挑戰。

岳林走了出來，彼此禮貌地打了個揖後，岳林循著方才顧三猛力強攻的路線出劍，又快又猛。刁明仍俐落地閃躲。岳林盡可能不攻擊他的腰部，高舉著劍朝刁明的右側肩膀劈過去，刁明一個閃身之後，才發現岳林高舉的手是一個假動作，岳林快速地將劍從右手換到左手，再往前一步，左手的劍已經抵住了刁明的喉頭。

「這是空中拋劍，專門對付九命怪貓。承讓了。」岳林拱手致意。

「佩服。」刁明輸得服氣。

簡植露出一絲笑容，當初選中岳林，就是被他這一招「空中拋劍」打動了。這是相當獨特的功夫，他甚至還能從背後換手。

「勝方，岳林。」烏立將手朝著岳林舉去。

現場響起轟天的掌聲和喝采。

接著，沒讓岳林有片刻休息，韋萬二握著大刀走出來。

岳林的劍怎麼劈，韋萬二就怎麼擋。那把半月屠龍刀彷彿可以聽到劍音立即判斷對方出劍的落點而瞬間移位，像一堵移動的牆擋住所有攻勢。此時岳林覺得找到一個大空檔將劍從右手換到左手，朝韋萬二的手臂刺過去，沒想到卻是從韋萬二的腋下空檔鑽了過去，韋萬二夾住岳林握劍的手，用半月屠龍刀的刀柄擊中岳林的手背，痛得岳林不得不鬆手，劍匡噹一聲掉在地上。

「勝方韋萬二。」烏立的聲音迴盪在二十一尖山群峰。

尚鋒捕快站了出來，他和簡植大捕頭互換一個眼神。簡植大捕頭拉了一下耳朵，假裝在揮趕一隻蒼蠅。

尚鋒的劍不停朝韋萬二的兩隻耳朵進攻，韋萬二不斷地將大刀高高舉起往左往右擋著，廣場上響著清脆的鏗鏘聲。韋萬二也在找機會進攻，因爲他得將手上的刀放低一點抒解手臂緊繃的肌肉，但是尙鋒很快又將攻擊帶回韋萬二的耳朵兩側，他的策略就是要讓韋萬二不斷抬高手臂，讓他的雙手疲累。

這個策略果然奏效了，韋萬二累了，他將刀提起的速度變慢。尙鋒找到一個空檔，就在韋萬二將大刀從頭部右側移到左邊的當下，尙鋒轉身一個飛踢，將擋在韋萬二臉上的大刀借力使力地打在他臉上，韋萬二要用內力去擋的時候已經來不及了。這一打，打得韋萬二一陣暈眩，流出鼻血，將大刀支在地上撐住半跪的身體，好一陣子才站起來。

「勝方尙鋒。」烏立喊著。

廣場上又響起如雷的掌聲。

接下來，歐陽勁踢掉了尙鋒的劍。

簡植打敗了歐陽勁，對上擅長使用石頭暗器的上官寧。上官寧的石頭暗器用罄後，被簡植挑斷了腰帶。

葛青終於提著他的劍站出來。

「這是我們兩人的恩怨啊，簡植。」葛青說。

「我和任何人都沒有恩怨。我是執法的捕快，你觸犯的是律法，不是我。」簡植義正詞嚴地說著：「這只是一場不是你贏、就是我贏的決鬥而已。」

「拔劍吧！楨子頭。」葛青拔出他的劍，兩人你來我往地奮戰許久。兩人皆以快劍聞名，一時片刻還分不出勝負。衙門廣場上只聞刀劍碰撞的鏗鏘聲，以及腳步移動時鞋底摩擦地面的刷刷聲。

粗小皮和康亮這輩子沒見過這場面，他們看得目瞪口呆，一會兒驚呼一會兒惋惜，一會兒蒙頭一會兒跺腳，一顆心彷彿已戰鬥了千百回那樣疲累。

「這就是你要的江湖嗎？」粗小皮問。

粗小皮看見簡植大捕頭主動攻擊的次數漸漸少了，他只能不斷地擋，一直擋一直擋。粗小皮緊張得幾乎就要喘不過氣來，簡大捕頭累了嗎？葛青似乎也察覺到，於是更加快速地揮劍。幾次之後，他找到空檔將劍抵在簡植的胸口。

簡植將劍扔在地上，認輸了。

「承讓了。」葛青客氣地舉起雙手握拳打揖說著。

「勝方葛青。」烏立又吼叫起來。

葛青以勝方的姿態，傲然地站在原地等著下一個挑戰者。

沒有人走出來，衙門廣場前圍觀的人面面相覷。怎麼就沒人了？誰有能力快出去打一場啊？別開玩笑了，這可不是街坊鄰居打架，那些劍可沒長眼哪！

又等了一會兒。

依然沒有人走出來。

烏立走上前，目光對著衙門廣場上的人群掃了一遍，扯著嗓門，用彷彿想讓二十一尖山群峰裡的松鼠也聽見的音量說：「如果衙門這一方沒有人出來接招，就算是……」

武傑從人群中走了出來，看看簡植大捕頭，看看烏立，又看看葛青。

「在下武傑，代表簡植這一方。」

廣場上的民眾鬆了口氣，終於於有人出來了。

第十七章 大逆轉

粗小皮看著武傑，他的鞋子依然潔淨得像剛剛做好似的。

武傑從腰間的兜裡拿出一節鐵棍，從鐵棍裡拉出更長的鐵棍。

「那是伸縮鐵棍，是武大山特製的武器，難不成你是武大山的……」韋萬二驚訝地說著，他的鼻子剛剛遭受撞擊而流過鼻血，鼻子下方還殘留一些沒擦乾淨的血漬。

「沒錯，武大山是我父親，不過，我已經幾百年沒見過他，他也許已經死了。」武傑簡潔地說著。

「你似乎站錯位置了，應該站在我們這一方。」葛青說。

「沒有，我沒有站錯位置。」武傑說：「我恨武大山，他心裡只有武勁大賽，整天練這根鐵棍，整個家就靠我娘洗衣維生。有一次他出門後，就再也沒回家。聽說，他終於在某一年贏得武勁大賽，他的名字刻上了武林鐵柱。當時我就發誓，有一天我要拔起那根鐵柱扔到山谷裡去。」

「原來鐵柱被他拔起來扔進山谷裡了。」康亮恍然大悟地說。

「他那時候還是個小孩，哪來的力氣拔起鐵柱？真是。只是個說法。」粗小皮說。

「武大山人呢？他在哪兒？」韋萬二問。

「誰知道他在哪兒？」武傑不屑地說：「可能在這兒吧！在人群裡。這麼熱鬧的事兒，他不可能不在。」

衙門廣場又吵雜起來，武大山居然躲在人群裡？聽見兒子這麼說自己，怎麼樣都沒臉出來吧！練武練到連家都不要，實在是太過份了！武大山，你在哪兒呀？現身讓我們看看你是圓的還是扁的？你練武練過頭了，就算名字被刻在鐵柱上又如何？到頭來還不是孬種一個。

大家等了好一會兒，武大山依然沒有現身。也許眞的沒來哪！

「他不知道在哪兒，怎麼傳授這功夫給你？」韋萬二又問。

「看著看著，自然就會了。」武傑說。

葛青握著劍站在那兒。他聽過這伸縮鐵棍的厲害，可長可短，可重可輕，可攻可守。武傑一派輕鬆地將縮短成手臂般長的鐵棍拋起，接住，再拋起，再接住，彷彿在拋接一個玩具木棍兒。

葛青試探性地出劍，先探探伸縮鐵棍的路子再思考對策。武傑甩出鐵棍正好打在葛青的劍上，葛青握劍的手麻了一下，心頭震了一下。這鐵棍不擋劍，而是直接攻擊他的劍，如果沒握緊，這把劍肯定被打落在地。葛青明白自己出劍的速度得比剛才任何時候更快一些。

既然武傑總是在他出招後，立即甩出鐵棍試圖擊中他的劍，那力道相當強勁，只要再擊中幾次，他的劍必斷無疑。葛青隨即改變策略，出劍的速度快慢交替。

武傑在一次甩棍落空後，很快意識到對方出劍的節奏變了，他的嘴角露出一絲喜悅。兩三個回合之後，武傑準確地猜到一記快劍，他不是甩出伸縮鐵棍，而是迎接葛青刺過來的劍，那劍尖正好就刺向鐵棍的洞口，武傑快速地從兜裡取出一塊小鐵片，塞進鐵棍裡，輕輕地拋了一下鐵棍，重新接住的瞬間再用右手掌使勁一擊，小鐵片通過鐵管擊中葛青的劍尖，那強勁的力道一路從劍尖震向葛青握劍的手，讓他麻痛到只能鬆手。

那把劍依然掛在鐵棍上。

葛青稍稍恢復後，很有風度地認輸了：「可否請教，武先生剛剛那個招式是……？」

「鐵棍吃劍。」武傑簡潔地回答。

「今天有幸親眼一見『鐵棍吃劍』，不虛此行了。」

「葛先生，好說，好說。」武傑禮貌回禮。

「勝方武傑。」烏立的吼聲勝過響雷。

葛青這下有些慌了，這結果完全在他的意料之外。他本以為自己可以撐到最後，現在他們這一邊只剩下魯赫了。但是魯赫這時候不能出場，魯赫是壓軸，他是勝利的保證。就在葛青這方猶豫的當下，雷響挺著圓圓的肚子走了出來，「刷」一聲甩開摺扇，搧著。

「在下雷響。站在葛青這一方。」雷響摸著肚子說著，彷彿他剛剛吃飽，而且吃得太飽肚子有點撐。

「雷先生！」粗小皮和康亮同時叫了出來。他會武功嗎？就算他會武功，他是雷爾鎮人，應該要支持牛頭村的簡大捕頭呀？但是他早前在涼茶亭慷慨激昂說的那些跟鐵杜與斧頭相關的言論，此刻會站在葛青那一方，看起來非常合理。

「江湖上的規矩不能只靠律法來規範，我看不下去很久了。如果沒有站出來，我睡不著覺啊！這是一個好故事，我們都需要好故事，但是這些故事需要一個好的結尾。我想給這些故事一個好結尾。」雷響用讀書人特有的渾厚斯文的聲調說著。

武傑看著雷響手上的那把扇子。那不是普通的紙扇子，是一把上了色假裝是竹扇的鐵扇子。扇子梗是一根根扁平的小鐵管，裡頭藏著暗器，從那結構看來，暗器只能射出一次，所以他要提防的是他射出暗器的時機，只要閃過一次，贏的機會就大了。

幾番來回後，雷響一個側身「刷」一聲搧開鐵扇，並朝著武傑射出暗器，但射偏了，暗器朝人群飛去。武傑只有一個眨眼的思考時間，他只要飛身過去並且旋轉鐵棍就能擋下，然而他不能用鐵棍去擋，這一擋一彈，暗器依然會飛向人群，受傷的會是廣場上無辜的百姓。武傑用飛撲的方式伸出鐵棍，鐵棍看來舉太高了，九根暗器射進他寬寬的袖襬裡，其中一根又扁又尖的暗器刺進他的手臂。雷響的臉上一點震驚的表情都沒有，反而出現一種理解的神情，彷彿早就猜到會是這樣的結果。

雷響收起扇子。

一塊如一枚銅幣那般大的鮮血在武傑手背的位置滲了出來。武傑用力地抖了一下袖子，拔出手臂上的暗器，鐵尖上沾了一抹血跡。

有人受傷，勝負已定。

「痛嗎？」雷響面帶微笑地問著。

「蚊子叮咬會痛嗎？」武傑也面帶微笑地回答。

烏立激動地跑出來，大吼著：「勝方……」

雷響立即伸出手來制止烏立：「這一場沒有勝方。」

廣場上又掀起了一陣議論聲。

雷響和武傑看著對方，臉上都出現一抹欣賞的表情。

「我發射出去的暗器，雖然射偏了，以武傑的身手不可能擋不下來，他只要旋轉鐵棍擋下暗器即可，但是他預想到自己無法控制暗器彈飛的方向，它們很可能射向人群。所以，大家都看到了，武傑為大家擋下了暗器。」雷響說。

「大家也看到了，這暗器並不犀利，不會致人於死。」武傑將暗器拿到眼前看著。

「既然如此，這一場武競，沒有勝方，平手。」烏立立刻重新宣布。

現場一片議論聲。

「現在請兩方再派出代表。」烏立對著葛青和簡植說著。

魯赫走了出來，取下腰間的鉛錐布條，等候著。

簡植大捕頭緊抿著唇，他知道他們沒有人了，這時候如果沒有人俠義相助，他們就要輸了。

廣場上的人等了一會兒。

又等了一會兒。

再多等一會兒吧！

等了好多個一會兒，都沒有人出來。

烏立又站了出來。「如果……」話還沒說完，就有一個人站出來。廣場上響起如雷的掌聲和歡呼聲，管他站出來的是何方神聖，有人出場就有贏的希望。

這個人頭髮凌亂，衣著破爛，像一隻正在褪皮的蜥蜴，一雙鞋子也破爛不堪，骯髒的大腳拇趾都露出來了。粗小皮看著那雙鞋和跑出來曬太陽的大腳拇趾，全身感到跳蚤在咬一般地不舒服，希望這人離開牛頭村的時候，可以把鞋子補一補。看在他替牛頭村出賽的份上，可以不收他錢。

「在下武大山。代表簡植這一方。」武大山朝人群中的武傑看了一眼。武傑冷漠的目光中閃過一絲絲驚訝，他看著這位和他爹有著相同名字的男人，他已經忘了上次看見他爹是什麼時候了，幾乎忘了他的長相。是嘛！這人如果是他的爹，噢，眞陌生，原來他長這個樣子。

「我只想說，我這一生只爲自己活。今天我應該站在對面那一方，因爲那是我這一生一直在追尋的東西，就是成爲一個贏家，讓大家記得我是誰，讓大家看見我的時候感到害怕，或者見到我就敬我三分。但是，這幾十年來，我只證明了我是個眞正的輸家。今天我想爲自己眞正地活一次，證明我應該追尋的是江湖的正義和武俠的價値。鐵杜應該永遠埋藏。」武大山說。

「我們今天求的也是江湖的正義和武俠的精神。」魯赫說：「在我們拿回屬於我們的名譽之後，我們都願意用一輩子去宣揚江湖的正義和武俠的精神。」

武大山從腰間取出鐵棍，甩出藏在鐵棍裡的伸縮長棍再收回來。試了兩次後笑著說：「很久沒用了，以爲生鏽了呢！」

「武兄看來隱匿江湖很久了。」魯赫說。

「沒有隱匿，一直待在西大城，哪兒需要粗工蓋房子，我就去那兒蓋房子。混口飯吃。」武大山輕鬆地說著。

「武傑那招『鐵棍吃劍』……」魯赫話還沒說完就被武大山打斷了。

「那『鐵棍吃劍』和我沒半點關係，那小子自己悟出來的。」武大山仰著下巴說：「咱們開始吧！」

魯赫將鉛錐布條捲在兩隻手上。

武大山率先甩出他的伸縮棍，魯赫隨即拋出鉛錐捲住鐵棍，武大山立即往前躍進一大步，用內力將伸縮鐵棍一推一拉。伸縮棍縮短了，擺脫了鉛錐布條束縛之後，武大山再一次甩出鐵棍。這次他手裡握著的是鐵棍的尾端，那又粗又重的鐵棍差一點就擊中魯赫的肩膀，魯赫驚險閃過那一擊。武大山並沒有停下強力猛攻的策略，接連幾次甩出伸縮棍，都差一點擊中魯赫。在武勁大賽中，差一點擊中等於完全沒擊中，結果是一樣的，就是沒中。

魯赫幾次驚險閃身後，意識到自己必須反攻了，他開始聲東擊西。就在武大山收回伸縮棍的瞬間，魯赫做出同時要將布條扔向武大山胸口的動作，其實只將右手的鉛錐扔向武大山胸口，另一條鉛錐則扔向武大山的小腿，兩條鉛錐被武大山成功地用鐵棍轉圈的方式打飛，發出清脆的「鏗鏘」聲。武大山也沒停頓半秒鐘，繼續甩棍攻擊。這場武術較勁看得大家驚心動魄，尖叫聲此起彼落。

最後，就在武大山再度甩出鐵棍時，魯赫用一條鉛錐布條綁住鐵棍，另一條鉛錐立即甩向他的腳，正巧擊中那隻露出來的大腳拇趾，武大山痛得半跪在地上。魯赫向前將武大山扶起，從腰間取出一小包藥粉悄悄地塞在武大山的手裡。

「承讓了。」魯赫打著揖說。

「勝方魯赫。」烏立大聲地吶喊著。

武大山跛著腳鑽進人群裡。

廣場上的人們給武大山最熱烈的掌聲，感謝他為牛頭村衙門幫出賽。

武傑看著武大山離開，也鑽出人群。武大山離開人群，在榕樹下取出藥粉塗上。他再度站起來時，看見武傑就站在不遠處看著他。只是看著他一會兒，很快就又轉身回到人群裡。

「目前兩方被打敗的人數同樣是六人。」烏立指著簡植這邊的人說著：「請衙門這方派出代表。」

廣場上的人等了一會兒，又等了一會兒，再多等一會兒。

廣場上的人們轉著頭，東看西看，希望看到某個人走出來。

但，都沒有人。

簡大捕頭臉色鎮定地看著圍觀的人群，他在等，等人群中的某個人站出來。他看見一些眼熟的人，名字曾經出現在鐵柱上的人，他期待有人可以為牛頭村站出來一戰。等了好一會兒，眼見沒人願意站出來，簡大捕頭略微失落地朝著捕快們望去，這些捕快對付一些惡徒綽綽有餘，但是，對上眼前這些江湖高手肯定是吃虧的，如果讓他們站出來，增加對戰經驗，對武術的精進也有幫助。該讓誰出來磨練一下呢？

「如果這方派不出人來，就表示……」烏立覺得這次眞的要宣布贏家了。

「等一下。」康亮跳了出來，大聲喊著：「還有我。」

「你？」烏立不確定這個身上還沾著白麵粉的少年要出來挑戰。

「在下康亮，牛頭村人，我要代表簡大捕頭這一方出賽。」康亮拍著胸脯說。

康熊氣沖沖地走出來，一把拽住康亮要把他拉回人群：「你平常練那些什麼武功，一隻豬都打不贏，你要比武，是在找死嗎？」

「爹爹，讓我比讓我比，牛頭村沒人，不行的嘛！」康亮強力抵抗著。

「讓他比。」魯赫指著粗小皮說：「他們兩個可以一起來，算一個人，他們的年紀加起來差不多像一個大人，讓他比。」

粗小皮看了老粗師傅一眼，老粗師傅用下巴朝著康亮的位置點了點，示意粗小皮：「去吧！去吧！去比一場。」

「他們一個只會揉麵團，一個只會補破鞋，懂什麼武功。」康熊仍然想把康亮拽走。

「這位師傅，我跟你保證不會傷到他們半根汗毛。你看他們多愛牛頭村，多愛簡大捕頭，你要讓他們出來展現他們的意志。」魯赫說。

「讓他們比吧！康熊。」簡植大捕頭說：「你也看到了，這次的武勁大賽不傷人，讓他們學習學習吧！」

康熊這下才放手：「別逞強。」

粗小皮走到康亮身旁小聲地說著：「我們要近距離攻擊，讓他無法拋出鉛錐。」

「嗯，我們就亂拳攻擊，一直打他，他也會痛的。」康亮說。

魯赫慢條斯理地將鉛錐布條綁回腰帶上，他不打算用這武器對付兩個少年。

康亮大吼一聲和粗小皮一起衝向魯赫，他們朝著魯赫的身體揮動拳頭，但是不管他們怎麼揮，魯赫總是能及時地擋開、撥開、閃開，康亮開始用腳踢，照樣被魯赫用腳撥開。康亮和粗小皮一點辦法也沒有。整個畫面看起來就像是魯赫這個父親正陪著兩個兒子練武玩耍。

就在康亮胡亂地揮拳抬腳亂踢時，粗小皮轉過身背起康亮的背讓康亮雙腳懸空，康亮逮住機會朝著魯赫的下巴踢去，魯赫及時閃開。看得出來魯赫有嚇到，他沒料到有這招。雖然沒踢到魯赫，但是康亮卻激動地大叫：「我們差一點就踢到他的下巴了。」

接下來，粗小皮在康亮抬腿攻擊的時候，在他背後使力，讓他踢出去的力道變得又重又沉，並時不時就將康亮抬起來，朝魯赫甩過去，或是抓著康亮的手朝魯赫揮拳。魯赫雖然沒被擊中，但是樣子顯得很狼狽。衙門廣場上的人鼓掌、喧嘩、鼓譟起來，那喧囂的聲音震撼著二十一尖山群峰。

忽然間，地面晃動，不知從何處傳來「碰，碰，碰」的聲響，彷彿有某個巨大的動物踩著沉重的步伐朝衙門廣場走來。

魯赫、康亮和粗小皮都停下來，看著聲音的來處。那聲音是從涼茶亭傳來的。

廣場上一片靜寂，大家都在聽那是什麼？什麼東西正走向他們？

第十八章　黑衣人現身

一隻身上有著黑色斑點的紫色巨獸正走過老劉的水塘，鴨子和鵝都驚嚇得紛紛飛起，其中一隻正好被巨獸逮住，一把塞進嘴裡。劉千非常鎮定，他只是看著那獸，對於失去的鴨子，臉上沒有半點心疼。

紫色巨獸來到廣場，停下腳步，看著廣場上的人。人們嚇得紛紛躲避，有的跑進巷子，躲在巷子裡好啊，巷子狹窄，巨獸擠不進去；有的鑽進屋裡，關上大門，不管認不認識，大家都進來先躲著吧！

哪來這麼巨大的動物啊？

「那是紫嚕嚕獸！」曹人芳指著巨獸激動地大叫：「娘啊，真的是紫嚕嚕獸啊！」

所有參與武勁大賽的人都還留在衙門廣場上，他們握著武器準備要對付這隻獸。

粗小皮像一尊石雕像杵在原地，他嚇壞了！紫嚕嚕獸爲何跑到村子來？

康亮和麥甜死拉活拉地要將粗小皮拉離廣場，但是粗小皮就是不願意離開，還甩掉他們的手。

「粗小皮你想找死啊！」康亮急得大叫。

粗小皮沒有回應，因爲他根本沒聽到康亮在說什麼。此刻，他很緊張，那些人會怎麼對付紫嚕嚕獸呢？那獸爲什麼會跑到牛頭村來？是廣場上那些尖叫鼓譟以及鼓掌的聲音把牠引來的嗎？不是叫你要遠離人嗎？這下該怎麼辦？

紫嚕嚕獸，現在請轉身，回去你的森林，甚至遠離十三尖山。粗小皮在心裡不斷吶喊著，但是那獸還是繼續移動。

前一刻還處在對立的兩方，獸的出現讓他們瞬間團結起來，變成一個擁有強大力量的團隊。

廣場上的人叫嚷著：「看上去胸部到喉嚨這一段皮是薄的、軟的，咱們集中火力攻擊這個部位。」

紫嚕嚕獸終於停止走動了，牠站著，擺動牠的大頭顱好奇地看著廣場上的人。

這些功夫了得的人逐漸朝紫嚕嚕獸靠近，就算面對這麼巨大的獸也不害怕，因爲他們閃得快。武大山率先甩出他的伸縮棍，打中紫嚕嚕獸的肚子。紫嚕嚕獸受到驚嚇，往前快走幾步。廣場上的人很有默契地認爲這隻獸要抓狂準備攻擊人了，於是繞著紫嚕嚕獸的腳邊全力攻擊，有劍的使劍，有刀的揮刀，有鉛錐的扔鉛錐，有石頭的扔石頭。

紫嚕嚕獸被攻擊後，眞的抓狂了，他奔跑著想踩死這些攻擊牠的人，但是這些人全是練家子，彈得高、跳得快、閃得精，紫嚕嚕獸的肚子上方挨了一劍，開始流血了！

我們擊中牠的要害了，牠受傷了，趕緊將牠拿下！

所有的人正要使出最大的力道置紫嚕嚕獸於死地，那獸的體力已經變弱了，甚至無法站立，牠的前腿彎曲跪坐在地上。刁明迅速彈飛起來，來到紫嚕嚕獸背上脖頸的位置，準備用他那把破劍給紫嚕嚕獸致命的一擊。

「住手！」粗小皮三蹬兩跳，幾乎是用飛的速度來到紫嚕嚕獸的背上，一腳就把刁明踹飛。粗小皮接著彈飛起來，在降落的時候前腳踢掉鉛錐布條，後腳蹬掉武大山的伸縮鐵棍，落地時還踢掉韋萬二的大刀。

所有的人都看傻了眼！

把刁明踢飛的那人是誰啊？

是老粗補鞋鋪的小師傅啊！他哪來那麼大的勁兒啊？這個補鞋的小師傅不是老粗撿來的那孩子嗎？整天見他在鞋鋪補鞋，哪來那麼好的身手呀？

這麼好的身手，怎不參加武勁大賽？他一個人就可以打敗對方十個人，就算一百個人也沒問題哪！

曹老闆和大芳姑娘也站了出來，大芳姑娘的手裡握著一把劍。

「小師傅，你欠我一個人情是吧！今天我要這人情了，把這紫嚕嚕獸讓給我，行嗎？」大芳姑娘試圖和粗小皮打商量。

「欠你的人情我會加倍還你，但絕對不能是紫嚕嚕獸。」粗小皮一臉歉疚地說：「放過牠，讓牠回到森林裡。」

「那就不要怪我不客氣了。」大芳姑娘舉劍揮向粗小皮，粗小皮東閃西閃，始終在閃。他可以一直閃，直到大芳姑娘累了，放下劍來。大芳姑娘屢攻不成，趁著靠近紫嚕嚕獸的機會，一個飛身將劍對準紫嚕嚕獸的喉嚨刺去，沒想到粗小皮快走兩步原地彈飛後，將大芳姑娘一腳踢飛重摔在地。

曹老闆上前扶起閨女，忿忿地走向粗小皮，抬起右腳將粗小皮給踹飛。

粗小皮站起身，對著曹老闆說：「曹老闆踢得好。」粗小皮語氣堅定地說著：「但是誰都不准傷害這隻獸。」

廣場上的人震驚不已，這個瘦弱的補鞋小師傅，哪來那麼高強的功夫？他爲什麼要維護這麼危險的獸？

還有好些人的震驚比所有人的震驚加起來大上好幾百倍，那就是老粗師傅、康亮和麥甜。

老粗師傅看著他的粗小皮竟然會飛！他從哪裡學會飛的？他每天都待在店鋪裡，從沒見他練過什麼功夫啊？

麥甜簡直嚇傻了！她似乎不認識眼前這個粗小皮哪！是自己從來不問粗小皮：「你有功夫嗎？」所以他才從來不說嗎？

康亮看得目瞪口呆，他的心情很複雜，很複雜，很複雜。他除了震驚之外，還有一種尖銳的東西在刺他的胸口。他不知道那尖銳的東西是什麼？有點兒像縮小版的紫嚕嚕獸鑽進他的身體裡，一小口一小口地咬著他的心臟；也許是粗小皮剛剛要起飛的時候蹬了他的胸口一腳，他受了重傷。

「不要傷害他。」粗小皮站在紫嚕嚕獸面前，伸長手臂，不讓任何人靠近牠。

「這獸很危險，他吃了劉千的鴨子。」顧三說。

「我們也吃劉千的鴨子。」粗小皮說：「這裡的每一個人都吃劉千的鴨子。」

「過不久牠就會出來吃人的。」韋萬二說。

「不會有那樣的事，從來沒聽說紫嚕嚕獸吃過人，牠今天受到驚嚇才會出來。這幾十年來極少人看過牠，這就表示牠極少靠近人住的村子，這證明了牠不會傷人。」粗小皮說：「放牠走。」

「小師傅，快讓開，別讓牠傷了你。」簡植大捕頭也緊張了。

「小師弟，牠的皮可以做很多雙鞋子。」田貴在遠處大聲地說。

「我們殺死這隻獸，只爲了取牠的皮做鞋子？大師兄，牛皮也可以做鞋子呀！樹皮也可以。」粗小皮說。

「小師傅，這獸必須死，牠太危險了。我們現在在這兒還可以保護大家，我們離開牛頭村了，誰來幫你們趕走獸？」韋萬二說。

「你們誰要動這隻獸，我用這條命跟你們拚了。」粗小皮流下淚來，彷彿躺在地上受了重傷的是他的家人。

紫嚕嚕獸有了片刻的休息，牠重新站起來。

「危險！」武傑和武大山以爲紫嚕嚕獸會傷害粗小皮，同時對著那獸甩出伸縮棍，粗小皮一個彈跳劈開雙腿，同時將兩隻伸縮棍踢落地上。

康亮看著這個他完全不認識的粗小皮，他的心很痛，痛得把淚水都逼出來了。

「別傷害牠，牠受傷了。」粗小皮轉頭對魯赫說：「魯大俠，你那兒不是有很厲害的藥粉嗎？可以給這獸擦一點嗎？你這輩子來我這兒補鞋，永遠不用錢。」

魯赫趨前走向粗小皮：「我可以給你藥粉，但你得回答我幾個問題。」

「什麼問題都回答你。」粗小皮說。

「你是劫囚那晚出現的黑衣人嗎？」魯赫問著。

衙門廣場一片靜默。

是嗎？那補鞋匠是黑衣人嗎？

「是。我是那黑衣人。」粗小皮說。

「那神偷徐達，是被你縫在樹上的？」魯赫又問。

「是，是我縫的。」粗小皮說。

「你是怎麼逮到徐達的？」魯赫問著。

「他走路很輕，像貓一樣輕，但是我比他更輕。大約中午時分，我看見他蹲在一戶人家的煙囪旁邊，他在那兒抽著菸斗，那戶人家並沒有煮飯，他吐出來的煙和菸斗冒出來的煙洩漏了他的行蹤。」粗小皮說：「大家都以爲他深夜才會出來。我猜到他會在白天行動，那幾天牛頭村有濃霧，讓徐達更方便下手。夜晚衙門派出捕快的時候，徐達在客棧裡睡得正熟。我是從客棧裡把他揪出來的。」

廣場上鴉雀無聲，大家都感到震驚，驚嚇到無法發出任何聲音。

「那黑衣人看起來比你高，你眞是那黑衣人？」魯赫又問了一次。

「爲了不讓人懷疑我，我特製了一雙鞋，讓我看起來更高一點。」粗小皮說完，朝康亮和老粗師傅站的方向看去，雖然他們站得有點兒遠，但粗小皮還是看得見他們臉上的震驚。

「你年紀這麼輕，哪兒學來的武功？」魯赫繼續問著。

「沒有學，我整天在補鞋，有一天醒來，發現自己可以彈跳，如此而已。」粗小皮決定隱瞞苗天準送他的「那東西」。

魯赫看著粗小皮，他覺得這小師傅說的是眞話，江湖上的確見過一些有絕佳天賦的人，他們生下來就如此，身體底子特別好。魯赫從腰間的兜裡取出一罐藥粉拋給粗小皮：「替牠擦上，牠會好起來的。」

粗小皮敏捷地接住，打開藥粉罐，轉身走近紫嚕嚕獸。那獸見這人走近，沒有任何抵抗與準備攻擊的怒氣。牠認識這個人，山裡見過幾次，還對戰一次，獸輸了，但這人並沒有傷害牠。這人有一雙很溫柔的眼睛，牠明白那眼神透露出來善意。

粗小皮在獸的傷口上撒上藥粉，那獸因爲藥粉刺激而有了一些掙扎，廣場上的人們又戒備了起來。

「就這樣讓這隻獸離開嗎？」刁明摸著剛剛被粗小皮踢下地時受了傷的手臂。

「這獸是二十一尖山群峰的傳說，就讓牠回山裡繼續那傳說吧！」簡植大捕頭說：「經過這一次，牠應該不會再出來了。」

「咱們都親眼看見這獸了，這傳說已經不再是傳說了。」葛青說。

「牠還會是一則美麗的傳說，你就算說破嘴皮子說見過這美麗的獸，對沒見過的人而言，就是在吹牛皮。」魯赫說。

「牠死了，才會變成傳說。」韋萬二說。

擦了藥粉的紫嚕嚕獸已經止血了。粗小皮看著紫嚕嚕獸的眼睛，用手指著十三尖山的方向，示意牠回山裡去。紫嚕嚕獸看著粗小皮好一會兒後，低下頭來，一張超級大的臉對著粗小皮的小臉，鼻子的氣息噴到粗小皮臉上。粗小皮伸手摸了摸紫嚕嚕獸的臉，輕輕地摸著，輕聲地說：「走吧！回到山裡去，不要再出來了喲。」粗小皮又朝著十三尖山指了一次。

紫嚕嚕獸好像眞的聽懂似的，牠深情地看了粗小皮最後一眼，直起身子，頭也不回地轉身走向大榕樹。牠經過水塘，看了一眼坐在涼椅上一派悠哉的劉千，劉千站了起來，伸手往池塘裡一撈，撈起一隻鴨子朝紫嚕嚕獸扔過去。紫嚕嚕獸張嘴吃了那隻鴨子後，繼續往涼茶亭走去，最後消失在大家眼前。

「眞是可惜了！」曹老闆看著紫嚕嚕獸離去的背影說著。

「小師傅說得對極了，殺了這麼美麗的獸，只爲了取牠的皮做鞋子，這鞋子我穿不下。」大芳姑娘說：「家裡那兩塊獸皮就留著做紀念，證明二十一尖山群峰確實有紫嚕嚕獸。娘啊，我們何其有幸親眼見到。」

「不過啊，可惜了！」曹老闆看著粗小皮說著：「這小師傅眞是深藏不露啊！這麼好的身手，怎麼會在咱們雷爾鎭被打劫呢？」

「可能那時候還沒發現自己會飛吧！」大芳姑娘回答著，接著她看見康亮了，笑容滿面地走過去：「嘿，康亮，你的朋友粗小皮……」

「那不是我朋友，我從來沒有一個朋友叫粗小皮。」康亮說完轉身便走。

大芳姑娘看著康亮落寞的背影，似乎有點兒明白，又似乎不是很確定他的憂傷。總之，康亮和粗小皮兩人之間，有事兒。

紫嚕嚕獸一走，看熱鬧的人又回到衙門廣場。

還比不比？這武勁大賽。怎麼不比？都沒比完。看起來也不用比了，咱們一個補鞋小師傅可以打敗他們十個人，你沒看見他剛剛把刀明踢飛的那勁兒？沒有對手了呀！

簡植大捕頭站出來對著粗小皮說著：「小粗師傅，如果你願意代表牛頭村出賽，這武勁大賽就繼續比下去，如果你不願意，我們這邊也沒人，就認輸了。」

粗小皮剛剛看見康亮走了，他心裡難過。

「比武，我一點也不感興趣。對不起。」粗小皮離開人群，朝補鞋鋪的方向走去。他一邊走一邊想著，怎麼跟老粗師傅、康亮還有麥甜說明這一切？

簡植很意外小粗師傅不願意出來挑戰魯赫，但也知道這件事勉強不得。武勁大賽開始之前就知道會輸了，現在只是更確定而已。

烏立站了出來：「天就要黑了，兩方還有沒有人要出來挑戰的？」

廣場上的人等了一會兒，又等了一會兒，再多等一會兒。

但，兩方都沒有人出來。

「既然都沒有人出來，那麼我在這兒宣布，兩方打成平手。」烏立用他充滿權威的聲音說著：「這場武勁大賽既然沒有輸贏，那麼，簡大捕頭要不要交出鐵柱，葛青的名字要不要重新刻上，武勁大賽要不要繼續辦下去，就由你們雙方去協議了。」烏立說。

簡大捕頭這時候站了出來，對著廣場上的人群大聲地說著：「牛頭村的鄉親們，還有所有遠道而來的朋友們，簡植這麼多年來兼任衙門大捕頭和村長職務，今天是簡植任職大捕頭的最後一天。」

廣場上又掀起一陣騷動，大家議論著，簡植大捕頭怎麼可以離開呢？牛頭村沒有了簡植，江湖隨時風雲再起啊！

「這麼多年來，我簡植已經是牛頭村人，卸下大捕頭職務後，我仍然住在牛頭村，我下一個工作就是專心當村長。」簡植大捕頭停頓了一會兒，看了看葛青這一幫人後，才繼續說：「我還是那句老話：『沒有任何行爲和藉口可以凌駕在律法之上。』武勁大賽繼續與否，取決於你的勝利是否造成他人死亡。今天這場武勁大賽，是一個很好的示範，沒有任何人在大賽中喪生，這就是武術較勁最根本的要求。所有參賽者若能做到這點，衙門絕不插手江湖事。」

簡植看了葛青一眼，繼續說著：「大鐵柱事件如果沒有給出一個交代，事情永遠沒完沒了，說不準哪天千里古道上又廝殺起來，牛頭村將永無寧日。當年我急於解決千里古道上的紛爭，的確非常固執地執行我的職務，忽略了江湖俗成的規矩，我欠葛青一個道歉，過兩天讓我請你喝盅酒。」

葛青微笑著，點了點頭。

「我言盡於此，接下來如何處理武林鐵柱，就讓我們新任的大捕頭來說明。」簡植朝武傑的方向看去：「武傑，從明天起就是牛頭村衙門新任的大捕頭。」

廣場上的人又議論起來。武傑好啊！那功夫眞是了得，那一臉正氣，料想和簡植一個樣。走了一個簡植，來了一個武傑，沒損失。

葛青、魯赫這幫人臉上出現恍然大悟的神情，那日，武傑對鐵柱上的武林榜上的名字一個不漏地背出來，原來是有備而來的。還有一個人感覺特別驚訝，就是武大山，他瞪大眼睛看著武傑，無法相信武傑這一身好功夫，卻選擇在衙門當差！他能說什麼呢？一個從沒盡到一日父親責任的人，跳出來說半句話都嫌多！

武傑走了出來，對著簡植大捕頭拱手致意，接著面向群眾說：「咱們可敬的簡植大捕頭說過一句話，他說：『衙門弱了，江湖就強了。』因爲衙門不能爲百姓護守正義，只好交給江湖了。只要衙門強了，江湖就得有規有矩了。」

武傑用堅定的語調說著：「衙門弱了，江湖就會再起。我會將牛頭村衙門打造成一個強大的衙門。」武傑停頓了一下，看著葛青那一幫人，又接著說：「至於江湖規矩，只要不觸犯律法，你們要定什麼江湖規矩，衙門絕不干涉。」

廣場上響起一陣掌聲。

「我們最該感謝的是咱們的簡植大捕頭，爲了牛頭村忍受多少攻訐，我們欠他的，沒法還了，讓我們用最熱烈的掌聲謝謝他。」武傑看著簡植大捕頭，眼眶裡有淚。

「大家客氣了。」簡植大捕頭說：「我來自東大城，這麼多年以牛頭村爲家，卸下公職後，我仍然會留在這個小山城，這裡是我永遠的家了。日後，有什麼事需要我效勞的，請不要客氣。」

廣場上又響起一陣掌聲。

「武林鐵柱已不復存在，但是，我們會另立石碑，寫下千里古道武勁大賽的歷史，並且重新刻上每一屆贏家的大名，至於葛青的名字，很抱歉，我們不會放上去。不過，我們會特別寫下今天的大賽，這是一個很關鍵的轉折，葛青的名字會出現在這裡，因爲他是這件事上關鍵的人物。不知葛青先生……」武傑望向葛青，打算徵詢他的意見，只見葛青甩了一下長袍轉身而去。

太陽下山了，廣場上的人都散去了。一群白鷺鷥站立在河的對岸樹梢上，安靜地看著牛頭村的紛擾。

葛青、魯赫和韋萬二等人回到破廟；武傑帶領捕快們商議衙門如何重建；簡植村長回到麥家客棧，疲累地躺在床上，閉著眼想著該到那裡蓋棟自己的房子過退休的日子。其他的人該回哪兒就回哪兒去了。

第十九章　傷心的康亮

「小粗師傅，我不想補鞋了，你可以教我功夫嗎？」小浩子跟在粗小皮身後急切地問著。

「你不想補鞋，現在就收拾行李回塔伊鎮去。」粗小皮不悅地吼著，他的心情很糟。

「那我學補鞋也學功夫行嗎？」小浩子繼續糾纏。

「你現在立馬回去，老粗師傅還沒吃飯，回去做飯。」粗小皮用吼的。

小浩子終於感受到小粗師傅的不耐煩了。小粗師傅不曾這樣的，今天當了英雄，脾氣反而變得那麼暴躁。怎麼回事啊？小浩子小跑步朝鞋鋪的方向跑去。

粗小皮經過大師兄田貴的巧手藝補鞋鋪，田貴站在鞋鋪門口看著他，欲言又止，只微笑了一下，又點了一下頭，那樣子好像在說：「我明白，我明白。」但是他明白了什麼呢？田貴自己也不知道。

粗小皮拐過一個彎，經過二師兄艾吉的耐磨耐穿補鞋鋪。艾吉正在補鞋，看見粗小皮經過，拿著鞋追了出來，一副有事要說的樣子，但他只是看著粗小皮的背影，一個字也沒說出口。這個小師弟是不是被雷擊中了，才變成這樣啊？

粗小皮經過康亮家的包子鋪，他探頭看了一眼，康亮不在鋪子裡。康熊和康亮的娘在吃晚餐，包子配湯。夫妻倆看著粗小皮，只是看著，好像看著陌生人。

粗小皮走進鞋鋪，走到工作檯前坐下，低垂著頭，他想著自己該如何在牛頭村生活下去？大家看他的目光已經不一樣了。

一張稻草編成的大笑臉伸向粗小皮低垂著的面前。

粗小皮抬起頭來，麥甜將大笑臉放在胸前，微笑著對他說：「會過去的。」她放下稻草笑臉後，轉身離開走上石階。

小浩子煮了晚餐，老粗師傅走進鞋鋪，桌上擺著兩道青菜和一盤酸菜炒辣醬。三個人安靜地吃著晚飯，一句話也沒說。最後，老粗師傅吃飽了，放下碗筷，這才對著粗小皮說著：「嗯，樹皮上的縫線如果縫得齊整些，就更好了。」

「下次我會注意的，師傅。」粗小皮說。

粗小皮走到包子鋪探頭進去，仍然不見康亮回來。

「康亮打從下午就沒回來過。」康熊說。

粗小皮心裡失落，他明白康亮生他的氣。他不是不告訴康亮這些事，而是不知從哪裡說起，就這麼拖著、積著、養著，這祕密就鑽進洞穴裡不肯出來了。

粗小皮正要走回鞋鋪，看見武傑和武大山正走過來。

武傑一走進鞋鋪就指著武大山的破鞋說：「小師傅，麻煩你給這個人的鞋子補一補吧，都破成這樣了，還穿呢。」武傑說完背過身去，看著麥家客棧屋裡透出的燈光。

「武先生請坐。」粗小皮拉來凳子讓武大山坐下，武大山脫下鞋子，一股臭氣衝了出來，粗小皮眉頭皺都沒皺一下，把一雙破鞋翻來翻去檢查著。

「你這輩子沒洗過腳是吧！」武傑兩個彈跳跳到店外石頭路上。

「誰沒事去洗腳啊！」武大山喃喃自語著。

兩隻鞋的鞋尖破了個大洞，鞋面也因爲洗洗補補的，薄得只剩散線了；鞋底磨薄也磨穿了，這鞋不好補。

「要不，你買雙新鞋吧！這鞋實在無法補了。」粗小皮抬起頭來爲難地說著。

武大山起身走了兩步，把手伸進工作檯，把粗小皮手上的鞋拿走：「沒補之前，也穿著它走了趟千里古道，現在走回西大城也不成問題。」武大山坐回板凳，彎腰準備把破鞋穿回去。

「給他拿雙新鞋吧！」武傑從兜裡拿出一串銅錢擺在檯子上。

武大山彎著腰，手停在鞋子上頭，被點了穴似地動也不動。許久，才直起腰桿子，用很輕的聲音說著：「我從來沒給你買過一雙鞋。」

「就是朋友的鞋破成這樣，我也會給朋友買雙鞋的。」武傑邊走向門口邊說著：「我先走了，你怎麼來就怎麼去吧！」

武大山看著武傑離去的背影，心頭酸了一下。他閉著眼，吐出了一口懊悔的怨氣。

他這一生到底都在幹什麼？錯過了多少事？

「武先生，這雙鞋你穿看看合不合腳？」

粗小皮的聲音打斷了武大山的思緒，他看了看新鞋，是一雙長度到小腿的黑色布帛鞋，鞋底是兩塊厚木板。

「這雙鞋可以穿很久的，雖然是木頭，但是不影響行走。」粗小皮上下搖動鞋底示範走路時鞋子的靈活度。

「怎麼不是牛皮的呢？」

「武大捕頭給的錢剛好可以買這一雙，牛皮鞋的價錢是這雙鞋的三倍。」

「那算了，就這雙吧！誰叫我是個窮光蛋。」武大山扔下手上的破鞋，右腳就想穿進鞋子裡。

「武先生要不要把腳洗一洗再穿，這樣鞋子比較不會有異味。」粗小皮客氣地說著。

「嫌我腳臭就是了。」武大山搖了搖頭說：「哪兒有水呀？」

粗小皮朝屋裡喊著：「小浩子，端盆水出來。」

沒多久，小浩子端著一盆水來到店鋪，擺在武大山腳跟前。他聞到那臭腳味，立刻感到一陣噁心，「噁噁噁！」乾嘔了幾下。

「有沒有這麼誇張啊？」武大山把腳踩進盆裡，洗出一盆子黑色汙水。然後將溼答答的右腳跨在袍子上擦乾，再換左腳擦乾。武大山端起那雙木鞋，看著摸著說：「我有啥資格穿這麼好的鞋？」武大山哭了起來，他把新鞋抱在懷裡，拿起原本那雙的破鞋，打著赤腳走出鞋鋪，踏上冰冷的石頭路。粗小皮站在門口看著武大山的背影，心頭也酸了。該怎麼說呢，這樣的爹？

自己的親爹又是什麼樣呢？粗小皮想著。

粗小皮又看了一眼包子鋪，康熊雙手捧著八籠包子準備給客棧送去。

「我來幫忙吧！」粗小皮朝鞋鋪裡喊：「小浩子，看著鋪子，我幫忙送包子去。」

粗小皮走進包子鋪，也捧著八籠包子出來，跟在康熊後頭走。

夜深了，粗小皮準備關上大門打烊了，他探頭看了一眼包子鋪，大門虛掩著，屋裡晃著微弱的光，康亮他娘在等門呢！康亮去哪兒了？

這時候，粗小皮看見一個人影縮著身子，從路的那頭緩緩走過來。

就算夜很黑，粗小皮也知道那人是誰。

康亮走到包子鋪前被粗小皮攔了下來。

「你去哪兒了？」粗小皮問。

「去十三尖山森林裡，想讓野獸吃了。」康亮說：「野獸看見石頭上躺著的是一個傻子，一點胃口也沒有就走掉了。」

「我等你一晚上……」

「沒人讓你等我一晚上！」康亮忿忿地說：「粗小皮，你讓我看起來像個傻子。」

「你一點也不傻，康亮。」

「我傻呀！我在你面前，一個功夫了得的人面前，穿那傻練功鞋，練那傻輕功，被那傻凳子撞出一個大傻腫包，我完全不知道你在心裡是怎麼笑話我的？你說我還不傻嗎？」康亮的聲音聽起來很悲傷。

「我沒有笑話你，一次也沒有。」粗小皮急著解釋：「我有幾次想說，但是不知該怎麼說……」

「你就說：『康亮，我會武功也會輕功，我可以一掌打死一頭野豬。』這樣說有多難啊？我是誰？我是康亮啊！你居然可以瞞著我那麼多事，瞞著我練功，瞞著我見過紫嚕嚕獸，你還瞞著我什麼？你是不是還瞞著我你已經娶媳婦兒了？」

「我告訴過你，我見過紫嚕嚕獸的，你不相信，認為我發燒把腦子燒壞了。」

「我不信，你可以說第二遍、第三遍，你可以帶我去看啊！」

是啊，他可以那樣做，爲什麼他不那樣做？粗小皮懊惱著。

「你的功夫呢？你偷偷練功夫，卻不告訴我？」

「我不是故意瞞著你，我身上『這東西』是別人從別人那兒偷來，然後硬給我按上的。那是偷來的東西，我不想要，但他不聽，硬是灌我吃下什麼散，然後就按在我身上。我昏迷了兩天不是嗎？這偷來的東西，要我怎麼說呢？有一天要還給人家的。」

「這是你早就想好要用來哄騙我的說詞吧！你就是自己想當大俠，揚名江湖。」

「我從來就不想當什麼大俠，我只喜歡補鞋。」粗小皮急切地說著：「不管你要不要聽，我都要說。事情就發生在我成爲師傅那天，我起得特別早，成爲師傅了，責任重了，想早點起來把鞋補好。有個大漢走進來要我幫他縫傷口，他傷得很重，我讓他待在柴房休息，給他弄吃的喝的，後來我才發現他是簡大捕頭捉拿的逃犯苗天準。但是，他傷得很重就快死了，臨死前說要謝謝我，將他搶來的什麼藥粉讓我吃了，還一掌把我打得半死。後來我才發現『那東西』可以讓我彈跳得很高，閃得很快，出拳也快。我知道你喜歡江湖，喜歡成爲大俠，但是我不會教你這些東西啊！也不知道怎麼教你，因爲那不是我學來的。除非找到那藥粉讓你吃下，然後再一掌把你打得半死，才能把『那東西』送你。」

「我才不要你那東西，你少在那裡可憐我。」

「我都跟你說這麼清楚了……」

「還有，你居然一腳把大芳姑娘給踢飛了。你怎麼可以爲了一隻獸，這樣對待一個姑娘？你在雷爾鎮的時候，她是怎麼對你的？你竟然把她踢飛？」

「那是因爲我知道她有武功底子，她抵擋得住那一腳，但是那一劍如果刺進紫嚕嚕獸的脖子，那獸必死無疑。」

「是啊，你現在可風光、可得意了，整個牛頭村都在討論你，大家都在說，原來眞正的高手藏身在牛頭村，而且是一個補鞋匠，大家都愛聽這樣的故事。」

「康亮，你是今天才認識我的嗎？」粗小皮傷心地說：「那些風光是我要的嗎？」

「是，粗小皮，我一直到今天才眞的認識你。」康亮看著粗小皮，眼裡盡是絕望：「你不僅讓我看起來像個傻子，在武勁大賽上，你更讓我成爲笑話。我受了重傷，你知道嗎？」

粗小皮垂下眼皮，他已經不知道要說什麼了。他看見康亮的練功鞋破了個洞，只好轉移話題說：「你的鞋破了，脫下來我幫你補補。」

「不必了，鞋破了我找別人補，我康亮從今天起，沒有兄弟了。」康亮表情落寞地推開大門走進包子鋪，碰的一聲關上大門。

粗小皮落寞地轉身，卻看見麥甜坐在石階上。

兩人對看了一會兒，短短的凝視，彷彿已經說盡千言萬語。

「我都聽見了，粗小皮，我相信你說的，眞的，每一個字我都信。」

粗小皮紅了眼眶，眼淚流了下來。他有股衝動想走過去抱住麥甜痛哭一頓，但是他知道自己不能這樣做。康大叔和麥大叔兩家人說好了，要讓康亮和麥甜長大後成親。雖然康亮喜歡的是大芳姑娘，他還是不能那樣做。

麥甜緩緩地站起身，轉身走上石階，走進麥家客棧。

粗小皮走進店鋪，剛好看見老粗師傅轉身準備走向臥室。

「師傅，我把您吵醒了？」粗小皮帶著歉意說著。

「嗯，我也全聽見了。」老粗師傅走向粗小皮，拍拍他的肩說著：「沒問題的，明天太陽一樣從東方出來。關上大門，早點兒睡。」

月光把鋪子前被踩踏得油亮光滑的石頭路照出冷冷的青光。粗小皮抬頭望著半圓的月亮，心裡問著：「你可以告訴我，要怎麼做才能把那東西還回去？或者送給康亮呢？」

月亮在高高的天上，冷冷地望著粗小皮，露出一副什麼忙也幫不上、自己看著辦的表情。

眞是漫長的一天啊！

第二十章 你的江湖是你的江湖

第一聲雞鳴從遠方傳來，粗小皮躲在被窩裡醒來。入秋了，山上的氣溫一天天往下降，清晨變冷了。粗小皮在被子裡窩著，他不想醒來，想到康亮那冷冷的臉，粗小皮就痛苦地將被子蒙住頭，他一點都不想看見那樣的康亮。一直到公雞啼叫第五聲，他才懶洋洋地鑽出被窩。

小浩子已經煮好水，正在廚房煮粥，炒辣豆乾，辣得粗小皮打了幾個猛烈的噴嚏。

粗小皮站在鞋鋪門口，包子鋪裡的燈光斜斜照在石頭路上，平常這時候康亮會在那兒揉麵團，今天他也在嗎？粗小皮沒有探頭看，他回到工作檯開始工作。他拿出搥打成柔軟纖維的樹皮，剪出鞋底和較寬的鞋面。這是新的嘗試，用樹皮做鞋，也許可行。

粗小皮非常專注地工作，直到一陣香氣竄進鼻腔，他才抬起頭來，曹老闆和大芳姑娘站在工作檯前望著他。

粗小皮趕忙起身招呼：「眞是對不住，沒看見你們進來，怠慢了，請坐請坐。」粗小皮又是拉凳子又是端茶的，擔心她們爲了紫嚕嚕獸來問罪了。

「大芳姑娘眞是對不住，踢了你一腳，不知傷勢如何？」粗小皮一臉歉意地說著。

「那一腳啊，唉喲唉喲，踢得我的五臟六腑都移位了。」大芳姑娘撫著肚腹裝疼。

「眞是對不住了。」粗小皮在一旁不停地彎腰鞠躬賠不是。

「別對不起啦！我也踢了你一腳，咱們扯平了。」曹老闆扯著嗓門瀟灑地說著。

「娘啊，這事我說了算，被踢飛的可是我。」大芳姑娘轉頭對著粗小皮說：「我不打算跟你扯平，我娘踹的那一腳，你得自己找她算。粗小皮，你欠我兩個人情了。」大芳姑娘一臉嚴肅地看著粗小皮說。那表情讓粗小皮把一顆心都嚇彈到喉頭了。

「你想我怎麼還，我就怎麼還。」粗小皮說。

「這可是你說的？你可千萬要記得。」大芳姑娘相當認眞地說著，彷彿等會兒她就要提出讓他爲難的要求似的。

「我記得，一定記得。只要和紫嚕嚕獸無關，什麼都可以答應你。」粗小皮說。

老粗師傅從屋裡走到店鋪，看見曹老闆坐在那兒喝茶，一下就愣住了！

這……這人……是花娘嗎？之前在廣場上遠遠看著，就覺得有點兒像。現在近看，眞是花娘呀！她怎麼來了？

「老粗，好久不見啦！」曹老闆大方地向老粗打了個招呼：「你怎麼會老成這個樣子啊？」

老粗愛笑不笑地杵在原地，不知該往前走還是轉身回房間躲著。

「我老，你就年輕？」老粗回了一句。

「這人哪！還是一年見一次比較好，二十年後再見，會被歲月嚇得魂飛魄散。唉呀，都要不認得了！」曹老闆看著老粗感慨地說著。

小浩子端出熱茶，三顆饅頭和一小疊辣醬。

「曹老闆和大芳姑娘一起用餐吧！」粗小皮招呼著。

「我們在客棧吃過了。」曹老闆看著桌上的辣醬再看看老粗，發出嘖嘖聲：「這麼老了還吃這麼辣，你竟然還活著，眞是奇蹟啊！」曹老闆尖刻地說著。

粗小皮看著這個曹老闆，怎麼和雷爾鎭那個曹老闆判若兩人呢？那時候的她見到粗小皮和康亮，簡直就像見到親人一般，還說老粗師傅的人就是自己人，今天這話怎麼說得這麼尖酸啊？

「娘，你別這麼講話，粗大叔眞死了，你也不會好過的。」大芳姑娘勸著。

老粗師傅搖了搖頭，拿起饅頭挾了辣醬吃了起來。

「人老了就變了個樣兒，倒是女兒教養得不錯。」老粗一邊嚼著饅頭一邊說著。

「你這個小徒弟也教得不錯，人有禮貌，鞋子補得好，功夫也是一流的。」曹老闆追問著：「我怎麼從來都不知道你有這麼大的本事？」

老粗師傅沒答話，自顧自地吃著饅頭，還稀哩呼嚕喝著熱茶。

大芳姑娘看著坐在工作檯前的粗小皮。他低著頭縫著一雙新鞋，聽到這些對話也默不作聲。她走到工作檯前，手肘杵在檯上對粗小皮說：「你眞有膽識，爲了紫嚕嚕獸，和所有的人為敵。」

粗小皮不想再談那隻獸。他拿起一塊搥軟的樹皮遞到大芳姑娘眼前：「你看看這個，樹皮，可以做鞋子，縫成鞋面，耐穿，耐磨。」

大芳姑娘接過樹皮摸了幾下後說：「嗯，以前見過，但是無法大量生產，沒什麼利潤，通常是鞋鋪自己用。」

「可以做鞋子的材料眞的很多呢！」粗小皮笑著說。

「我知道你要說這個。」大芳姑娘也笑了，她明白粗小皮話中的意思，做鞋的材料很多，用不著去追殺一隻美麗的獸。

曹老闆和老粗師傅沒太多交談，覺得時間差不多，該啓程回雷爾鎭了，於是她站起身，準備離開：「看你還好好活著，就夠了。閨女，咱們走吧！」

老粗也跟著站起來，走到草鞋牆，取下兩雙鞋子遞給曹老闆：「藺草編的，還有香氣，家裡穿，舒服。」

曹老闆收下草鞋，放進背囊裡。「有空來雷爾鎭走走吧！二十年了，小鎭變化很大呢。」曹老闆轉頭對粗小皮豪氣地說：「小師傅，隨時歡迎你再度光臨我們雷爾鎭。」

粗小皮走進康家包子鋪買了幾顆熱包子遞給大芳姑娘：「路上帶著吃。」

「怎麼不見康亮啊？」大芳姑娘看著正在揉麵團的康亮他娘問著。

「那小子天還沒亮就出去了，也不知道去哪兒，這兩天怪得很咩！」康亮他娘說。

「請轉告他，我們問候他，他上次給我們做的包子眞好吃。」大芳姑娘說。

「好咩！謝謝你們上次的幫忙啊！」康亮他娘走出來，對著曹老闆母女倆又鞠躬又哈腰。

「大娘，您別可客氣了。」大芳姑娘說：「有機會再來拜訪。」

粗小皮和康亮他娘站在店門口送著曹老闆母女，老粗師傅突然從店裡衝出來一邊快步走著一邊說：「我送送她們。」

老粗補鞋鋪自武勁大賽那天之後，生意變得特別好。那些補鞋的人大都是拿刀子把自己的鞋給割破，再利用粗小皮補鞋的當下和他說上兩句話。

「小粗師傅，眞是浪費了這份好資質啊，你去外面闖闖，說不定還能到官府弄個武官當當。以前武勁大賽贏家，十個有六個當官去了，要不也在哪個商號當保鏢，或是開個武館，日子過得可逍遙了。」歐陽勁說。

粗小皮沒有說話，專注在手上的活兒，雖然心裡有氣，這些人好好的鞋就偏偏要割掉縫線，然後到這裡說些鬼話；誰喜歡當官誰當官去，他就喜歡補鞋。

沒多久葛青也來了。

葛青晃著兩條手臂走進鞋鋪，在鞋鋪裡踱步，東看西看，東摸西摸。粗小皮看了他一眼，既然不補鞋，就不用招呼了。

葛青走到草鞋牆前，指著草鞋編織的黑衣人問：「我可以買這個黑衣人嗎？」

「那不賣的。」粗小皮堅定地回答。

葛青擺了擺手，故作輕鬆地說著：「小粗師傅，我們都被你騙了，是吧！」

粗小皮在心裡輕輕地嘆了一口氣，心想：我騙了誰呢？

「葛先生是否滿意武傑大捕頭的安排呢？」粗小皮試著轉移話題。

「武勁大賽要不要繼續辦下去，我沒有意見，因爲我不會參加了。牛頭村裡有個粗小皮，誰也沒勝算。就算粗小皮不參加，贏的人也贏得不起勁兒。」葛青走到門口，看著麥家客棧說：「至於武傑人捕頭的安排，我沒意見。前任大捕頭簡植已經給我一個道歉了。」

葛青離開鞋鋪沒多久，韋萬二、刁明和魯赫也輪著出現。

魯赫趁著粗小皮補鞋的時候，在店裡東看西看，東摸西摸，最後停在草鞋牆前駐足看著，一邊看一邊嘖嘖稱奇：「這玩意兒眞有意思啊！怎麼看著看著，就讓人想笑呢？如果沒有這雙小草鞋，這雙大草鞋既平凡又無趣，就是一雙鞋而已，但是這旁邊擺了一雙小草鞋，讓這雙大草鞋瞬間就神氣起來了。嘖嘖嘖，眞神奇啊！反過來也是一樣的，沒大草鞋，小草鞋也沒那麼可愛。」魯赫取下一雙大草鞋和一雙小草鞋：「我買了。」

「小草鞋是麥家客棧麥甜姑娘編的，她特別喜歡編這些小玩意兒。」粗小皮心裡很是高興，想著一定要告訴麥甜這件事。

「魯先生，你的鞋補好了，下次不要再把鞋割破了。」粗小皮從工作檯起身，將鞋子遞給魯赫。

「小粗師傅，好手藝呀！」魯赫摸著補好的鞋讚嘆著說：「我早該發現你是個高手才是，但是我竟然沒發現，小師傅，你隱藏得實在太好了。」

魯赫從兜裡拿出幾枚銅錢遞出去，粗小皮伸手要接時，魯赫用手指將銅板一枚枚朝上彈飛，五枚銅幣在空中翻飛，魯赫以爲自己將看到一場精彩的撲接身手，沒想到粗小皮完全沒有任何動作，任由銅板掉落地面，再彎腰撿起。

魯赫這下窘了，他本想和粗小皮過兩招，沒想到事與願違，他變成扔銅板的失禮顧客。魯赫趕緊打躬作揖疊聲道歉：「小師傅，失禮了，失禮了。」

粗小皮一點也不在意地笑著說：「魯先生，我也失禮了，我不在江湖，對比武過招毫無興趣。」

「你認爲我在江湖嗎？」魯赫問著。

「你在你的江湖，而我不在你的江湖，你也不在我的江湖。」

「我現在可以說是闖進你的江湖了。」

「你認識雷爾鎮上的曹家鞋鋪材料行嗎？」

「我需要認識雷爾鎮上的曹家鞋鋪材料行嗎？」魯赫反問著。

「你不認識雷爾鎮上的曹家鞋鋪材料行，就不能說你闖進我的江湖，除非你在老粗補鞋鋪隔壁開了另一間補鞋鋪，我們成了競爭對手，那樣才算是闖入了我的江湖。」

魯赫大笑起來，笑得很開心：「小師傅，如果我擄走了你的老粗師傅，或是做這雙小鞋的麥甜姑娘，又或是隔壁包子鋪的小廚師呢？」

「如果你膽敢那樣做，我就會闖進你的江湖，對你毫不留情。」粗小皮說。

「哈哈哈，小師傅，要將你誘進我的江湖，真是太容易了呢！」魯赫穿好鞋子，哈哈大笑著走出鞋鋪。經過包子鋪，發現康亮側身倚在門邊聽著他和粗小皮說話，這下笑得更大聲了。

魯赫離開一個多時辰，武傑來了，這回穿著官服來。他看起來不像是來補鞋的。

「小師傅，很忙吧！」武傑站在草鞋牆前看著，還伸手摸了摸麥甜編織的小草鞋。

粗小皮給武傑倒了杯茶：「武大捕頭請喝茶。」

武傑走到小桌旁坐下，端起茶杯喝了一口後，看著已經回到工作檯前的粗小皮，遲疑了好一會兒才開口問：「你知道有個叫苗天準的逃犯嗎？」

「知道。他逃到牛頭村來了，衙門在大門上貼了他的人像。」粗小皮鎮定地說著。

「是啊，這人後來死了，拖著最後一口氣來到衙門大門口，盤坐在那兒死了。」

粗小皮只是聽著。

「他在東大城犯了案，打劫一家藥材鋪，還把老大夫給打死了。我一路從東大城追捕到塔伊鎮，再追到牛頭村。這個苗天準竟然死了！」武傑忿忿地說：「他搶了一瓶名叫『貫通散』的藥粉，那不是普通的東西啊！那是老大夫研究了六十年的成果。不會武功的人吃了貫通散，可以變得很有力氣，和熊打鬥熊都要輸啊！有深厚內功的人吃了，就更不得了了。」

粗小皮在昏迷前似乎聽到苗天準說過，他本已積累了二十年的功力，貫通散可以讓他將這二十年的內力拉高到六十年；他還說就算他快死了，將貫通散和他的內力打個折送給粗小皮，粗小皮都還可以得到四十年的內力。

粗小皮依然只是聽著。

「老大夫的家人希望我能追回『貫通散』。他死的那天，我剛好趕到牛頭村，苗天準的身上什麼東西都沒有，當然也沒有那『貫通散』。」武傑站了起來，又走到草鞋牆前看著草鞋說：「不過，我發現一件事，他腳上的傷，有人用針線幫他縫上了。」

粗小皮依然只是聽著。

「是你嗎？」武傑轉頭看著粗小皮問。

粗小皮冷靜地看著武傑，沒有回答。

武傑從草鞋牆上取下一雙大草鞋和一雙小草鞋：「這草鞋也編得太可愛了，我要買下它們，掛在牆上欣賞。」

粗小皮終於說話了：「那大草鞋是老粗師傅編的，那小草鞋是麥家客棧的麥甜姑娘編的。」

付了幾枚銅錢後，武傑拿著草鞋用一種彷彿在櫻花樹下散步的悠閒步調走出老粗補鞋鋪，走出懸崖頂街。

接近中午的時候，粗小皮把幾雙補好的鞋擺在櫃子上，每一雙鞋都掛著牌子，他交代了小浩子後，便背著籮筐出門了。經過康家包子鋪，粗小皮轉頭看了一眼，康亮低著頭在揉麵團。

「康亮。」粗小皮喊了一聲。

康亮裝作沒聽見，仍然低著頭揉麵團。

粗小皮背著籮筐走出懸崖頂街，走過衙門廣場。衙門已經變成一堆廢墟。榕樹下堆疊著一大落剛砍伐下來的木頭。

粗小皮走過老劉養鴨場，他忙著給鴨子和鵝準備飼料。

涼茶亭空空蕩蕩，英雄鐵柱孤單地佇立在那兒，聽著風吹過二十一尖山群峰。

粗小皮走進右邊的小徑，走沒多久，他聽見遠處有人走動說話的聲音，他立即爬上其中一棵樹，躲在隱密的樹叢裡。沒多久，葛青、魯赫、刁明、歐陽勁、雷響、武大山，還有武傑，每個人肩上都扛著木頭，一邊說笑一邊下山。

等他們走遠了，看不見身影了，粗小皮才從樹梢跳下來。

他很快就將籮筐裝滿柴火，將籮筐藏在草叢裡，用極快的速度經過岩石區，進入森林更深處。他什麼也沒看見，紫嚕嚕獸應該是離開了，他有一點失望又有一點欣慰，離開是對的，千萬不要再回來。

粗小皮背著籮筐回到村裡，經過養鴨場，老劉坐在涼椅上，悠哉地喝著茶。他的身邊擺著另一張涼椅，小茶几上多了一個杯子。

「小粗啊！喝茶不？」老劉對粗小皮招著手。

老劉從不請人喝茶，這是第一次。

粗小皮走過去，放下籮筐，坐下，端起杯子喝茶。

兩人沒說話，只是看著遠方的山景。

「你是當年那個在千里古道上行俠仗義的蒙面小子，是吧！」粗小皮開口問了。

「我不應該那樣抓鴨子。」老劉笑著說。

粗小皮也笑了起來：「是啊，你抓鴨子那速度跟猛勁，露餡兒了。」

兩人又安靜地喝著茶。

「那場比賽，咱們牛頭村如果都沒人出來，你想過出來比上一局嗎？」粗小皮問。

「你看見我擠進人群裡看熱鬧了嗎？」老劉反問著。

「那倒沒有。」粗小皮一下就明白了，老劉不再過問江湖事了。

老劉眞是個奇人，粗小皮心裡期許自己，將來老了，也能這麼雲淡風輕。

粗小皮喝了第二杯茶後，起身，背起籮筐。

「你要離開牛頭村了，是吧！」

粗小皮轉頭看著劉千，說：「嗯，答應人家的事總是要去做的。」說完便背著籮筐離開了。

「要記得回來喲！」老劉在粗小皮背後說著。

粗小皮覺得老劉這句話眞奇怪，我住在牛頭村，當然要回來呀！

粗小皮回到鞋鋪沒見到老粗師傅，於是他去了老鐵打鐵鋪。

老鐵、老粗還有簡植村長也在，坐在長木桌前喝著茶，見到粗小皮來了，招呼他坐下喝茶。四個人在長木桌前坐下，粗小皮第一次坐在木桌前，以前都只看見老粗師傅和老鐵在桌前喝茶。粗小皮這才發現，這張長木桌沒有椅腳，而是用兩張厚實的方板凳撐住桌面。老鐵給粗小皮倒了一杯茶。粗小皮端起茶杯喝了一口，放下杯子才發現簡植村長正面帶微笑地看著他，只是看著。粗小皮眨了幾下眼皮，趕忙撇過頭去，假裝瀏覽店內物品。他不喜歡被那樣看，那是一種彷彿已將人看穿的眼神。

「小粗師傅，我非常好奇，你可否告訴我，你怎麼把徐達那賊縫在樹上的？」簡植村長好奇地問著。

「是啊，那不容易啊！樹皮這麼硬。」老鐵說。

「肯定不是縫牛皮的針。」老粗師傅也看著粗小皮，他也很想知道哪！

「師傅，我們沒有那麼粗的針，我用的是最粗的那種鐵釘，打幾個洞，就能穿過去了。」粗小皮用手比畫著，假裝在打洞。

「就用手？」老粗師傅問。

「嗯，用手就可以了。」粗小皮端起杯子把茶喝了。

「難怪縫得那麼醜！」老粗依然介意不完美的縫線。

「這麼好的身手，留在衙門多好，一個人抵十個人用。」簡植村長依然微笑著。他以前在衙門當大捕頭的時候，可從來沒這麼笑過。

「我比較喜歡補鞋，不喜歡在衙門當差。」粗小皮說：「武傑大捕頭可以勝任的。」

「現在咱們牛頭村衙門有鐵棍雙俠在當差，天下無敵了。」老鐵說：「那個武大山留下來當捕快了。」

老鐵為粗小皮倒了第二杯茶，用帶點兒憂傷的語調說著：「小皮啊，你要離開牛頭村這個山城了，這杯茶先為你送行。」

粗小皮端起茶杯喝了一口：「謝謝老鐵師傅。」

「要記得回來。」老鐵說。

「嗯，要記得回來。」簡植村長也提醒著。

「牛頭村是我的家，我當然要回來呀！」粗小皮笑著說。剛剛養鴨老劉也這麼提醒他。他們是怎麼回事？從哪隻眼睛看見他不打算回來了？

「那可不，歇腳客棧的人兒子就一去不回，千里古道之外的世界非常迷人，那些新鮮事就有本事把人留在那兒。」老鐵說。

一隻蚊子在他們身邊飛來飛去，老粗趕了一下，蚊子飛到老鐵那兒，老鐵揮手趕，不小心把自己面前的茶杯掃到地上。粗小皮立即彎下身子去撿。撿起杯子的同時，他看見這張長木桌底下原來另有玄機，ㄇ形的桌子裡頭，擺著一個黑呼呼的東西。粗小皮伸手去摸，是一個圓形的大鐵柱，上頭還抹了油，底部刻著許多字。寫什麼呢？粗小皮單腳跪在地上讓自己可以看得更清楚，上頭刻著龍信、華曉工、刁明、竇直、高大川、武大山、朱子瑞、田禾豐、夏大川、盛一傑、上官寧、左前方、韋萬二、魯赫⋯⋯

粗小皮嚇得想起身，卻一頭撞上撐住桌面的方板凳，痛得他哇哇叫。

粗小皮搓著頭皮，坐回位置上，一臉吃驚地看著三人。老鐵、老粗和簡植三個人帶著詭異的表情看著粗小皮，什麼話也沒說。

粗小皮看了看長木桌，桌子另一端靠著一片結實的泥牆。他強烈懷疑牆的另一邊還有東西。老鐵看見粗小皮的好奇心已經穿牆而過，隨口說：「門在那兒，沒關係，進去看看。」粗小皮立即起身走過去。打開房門，裡頭擺著一張床，房門左側果然看見鐵柱穿牆而過，鐵柱前擺了張桌子，鐵柱被當成椅子，表面已經被屁股磨得晶亮光滑了。

這個老鐵真有意思。

粗小皮帶著微笑回到長木桌前坐下。三個人對望了好一會兒，最後粗小皮笑了，他摸著面前的長木桌桌面，意有所指地說：「這眞是一張好桌子啊！」

「就是啊，我也這麼認爲。」老鐵、老粗和簡植也笑了起來。

粗小皮喝完第三杯茶後，起身告辭。

「要記得回來啊！」老鐵又說了一次。

粗小皮笑了一笑，心裡咕噥著，這老鐵也眞是的，牛頭村是我的家哪！怎麼會忘了回家呢。

粗小皮正準備走出打鐵鋪，和刁明在門口撞了個正著，粗小皮閃身讓刁明先過。沒多久，他聽見脾氣暴躁的老鐵的吼叫聲：「這還是把劍嗎？這根本就是破銅爛鐵！」

「我和這把劍有很深的感情，就請你幫我打吧。」刁明懇求著。

「你沒打聽過嗎？我老鐵從來不幫人打劍！」老鐵的大嗓門吼著，連躲進十三尖山裡的紫嚕嚕獸都聽到了。

聚集在牛頭村的人漸漸少了，沒武勁大賽了，簡植大捕頭退休了，那些江湖人收斂了，沒戲了，還待在牛頭村幹什麼呢？

粗小皮走過衙門廣場，看見村民們自發性地拿著自家的掃帚、畚箕和布袋清掃木炭灰燼，他也趕忙捲起袖子上前幫忙，弄得一身烏漆嘛黑地回到鞋鋪。小浩子見狀，立即進到後院端來一盆水，再遞上毛巾說：「小粗師傅，請洗臉。」

那天之後，小浩子對粗小皮的態度就像小百姓來到大廟神明前，那樣畢恭畢敬，躬身行禮。

「打水給你洗澡好吧？」小浩子問著。

「嗯，洗個澡也好。」粗小皮說。他知道小浩子爲什麼對他這麼好，那小子想學武功。小浩子巴結錯對象了，這莫名其妙就擁有的力量，粗小皮一點也不懂要怎麼教別人，否則，他早就傳授給康亮了。康亮剛剛不在店鋪，送包子去了吧！

粗小皮坐在工作檯前，拿出兩塊拼接完成的牛皮，和一隻用拼接牛皮做成的鞋子。他撫摸著那隻鞋子，露出非常滿意的神情，覺得這肯定是他這輩子做過的鞋子裡最好看的一雙，今天晚上可以完成另一隻鞋。

這鞋看起來是有點兒花俏啦！

他會喜歡這雙鞋嗎？

第二十一章　保重了，記得回家

康亮天還沒亮就悄悄地出門了。

他朝老粗補鞋鋪探了探頭，沒透出半點燈光，這才輕手輕腳地關上大門，走出懸崖頂街。這時候他一點也不想看見粗小皮。他朝著十三尖山走去，老劉家的鴨子和鵝都還在睡覺呢！走過空寂的涼茶亭，站在英雄鐵柱前，伸手摸了摸上頭的名字，接著走下斜坡，走進森林裡。

康亮撿了幾顆小石子後爬上大石頭，躺在石頭上，雙手交握枕著頭，看著天空。曙光已經照亮東邊的天空，半圓的月亮褪去了光芒，淡淡地在那兒閉眼休息。

他還是很氣粗小皮，氣到不想和他說話，不想看見他。他不明白，告訴他這些事有這麼困難嗎？

他忽然想到，粗小皮的確說了，他在森林裡見到紫嚕嚕獸，他卻不相信，還說他的腦袋燒壞了。算了，不講那獸的事。但是，那獸的事的確是自己冤枉他了，但是，總不能因爲自己不相信那獸的事，就認定之後也不相信他說其他的事呀！就拿他會飛這件事，也要瞞嗎？他可以飛來看看啊！

康亮忿忿地坐起身，抓起身邊小石子用力扔了幾顆出去。

康亮又拿起腳邊小石子一顆一顆在手心上疊起來，就像疊蒸籠那樣，疊了十顆，一顆都沒有掉下來。當小石子快要掉下來的時候，他知道要往哪裡移動才能維持石頭的平衡，就像風很大的時候他去送包子，蒸籠不會被風吹走一樣。他知道風吹過來，蒸籠往那邊傾斜，他的身體和雙手很自然地會去平衡那股力量。

康亮整個人跳了起來，他怎麼現在才明白這個道理。

平衡，才是練武的基本功，那平衡的力量就是隱藏的內力呀！

康亮跳下大石頭，在地上撿起比拳頭小一半的石頭，一顆一顆地疊起來，單腳站立，再換腳，疊起來的石頭雖有搖晃，但一顆都沒有掉下來。

接下來他又有了新的點子，他把石頭往空中拋，想一顆顆接住，一顆也沒接住，有兩顆還掉在他的腦袋上。如果讓粗小皮看見，他肯定要笑死了。他想和粗小皮分享這個大發現，就是身體的平衡，氣的平衡。

另外，他也想告訴粗小皮，他很傷心，大芳姑娘告訴他別再請背伕送信了，他們之間隔著千里古道，不會有未來的。康亮的心又痛了起來，他有很多話想說，但是他們已經好幾天沒說過一句話了。

爹爹告訴他，粗小皮就要離開牛頭村了。

是啦，武功這麼高，牛頭村這個小江湖容不下他，他要走進東大城那個大江湖了。

幾天不和他說話，他就要負氣離開牛頭村嗎？

這幾天，一直有人走進鞋鋪找他補鞋，鞋沒壞的就自己割斷縫線，只為了讓牛頭村的縫線俠補鞋。大家看他的目光不同了，就連自己都不原諒他，他要如何平靜地繼續在牛頭村過日子？

康亮痛苦地將手上的石子全都拋出去。

康亮經過涼茶亭的時候，見雷響站在英雄鐵柱前，拿著寫了一行字的紙張，準備貼在鐵柱上。他看起來手忙腳亂，紙張被風吹得東翻西折，康亮上前幫忙拉住下擺，這才讓他成功地將紙張密實地貼在鐵柱上。

「明天，我又要開始說書了。你要來喔。我會說這個，」雷響指著鐵柱上的幾個大字唸著：「『一起輝煌也要一起滄桑。』你知道消失的那根鐵柱上寫什麼嗎？」

不等康亮回答，雷響就一臉陶醉地唸了出來：「『一起盛開也要一起飄落。』咱們要建議簡植村長，重新立上一根鐵柱，這是對稱問題，不對稱，讓人不舒服。」

康亮臉上沒有任何表情，他想轉身離開，但是雷響還滔滔地說個不停。

「然後，我們要在新的鐵柱刻上：『一起輝煌也要一起滄桑。』這就是江湖啊！」

聽到江湖二字，康亮忽然感覺到一股厭膩從胸口翻攪出來，他連招呼都沒打，轉身就走。

「明天，你會來聽書吧！」雷響在康亮身後喊著。

太陽升起了，把二十一尖山照出一片金光，彷彿從來沒有發生什麼武勁大賽，沒有出現過一隻龐然巨獸，生活一如往常，上街採買、開市營生、吆喝叫賣，路過的商旅依舊趕早趕晚地匆匆經過、留宿休憩。

牛頭村衙門廣場浩浩蕩蕩來了一群村民，加入重建衙門的工作行列，那些參與武林較勁的江湖人士也在其中，他們把長髮剃了，綁上各色各樣的頭巾，進到十三尖山叢林裡砍伐木頭，扛到衙門廣場，參與新衙門的設計與建造。

「咱們就組一個蓋房團隊，大江南北蓋房去吧。」魯赫放下一根粗壯的木頭後，拍拍身上的木屑打趣地說。

「行，算我一份。」

「再也沒有武勁大賽了，咱們就賺銀子去吧！」

這些身懷絕技的高手，花了五天的時間就把房子給蓋好了，一棟嶄新的衙門矗立在舊衙門原祉。

武傑大捕頭請了舞獅團，在廣場舉辦了一場熱熱鬧鬧的落成啓用大典，幾十張桌子從廣場這頭擺到那頭，桌上擺著各家店鋪拿出的佳餚美酒，宴請所有村民及路過的商旅。牛頭村從來沒這麼歡樂過，所有村民幾乎都來到衙門廣場。

就在熱鬧的鑼鼓聲以及喧囂的划拳歡樂聲中，粗小皮背著行囊，悄悄地繞過人群，朝著雷爾鎮的方向走去。他甚至沒有回頭看那熱鬧的廣場一眼。

衙門廣場眞是熱鬧，簡植村長和葛青還在廣場上嬉鬧般地比武過招，取悅大眾。

三天前，粗小皮艱難地對老粗師傅提出請求，他要離開一陣子，讓大家忘了他。

怎麼可能忘得了？老粗師傅心裡失落極了，但也能理解。他從一個小小的補鞋匠，爲了一隻龐然巨獸和所有的人對抗，還神奇地打敗所有江湖人，發生如此巨大的變化，他怎還能安安靜靜地在這個山城生活？每天都有人站在鞋鋪張望，對他指指點點，甚至朝他扔出杯子，就希望看他神速地接住，而這小子就是寧願讓杯子砸中頭，也不願伸手接住朝他扔來的任何東西。

粗小皮有一天會離開，老粗不是早早預料到有這一天嗎？這天果眞來了。就像田貴和艾吉功夫學成就另立門戶營生去了。雖然他的心空了一個大洞，還是支持粗小皮出去闖蕩，只要記得回來就好。

「我不在的這些日子，二師兄會過來幫忙，他的小徒弟已經學了三年，是個能獨當一面的小師傅了。」

「嗯，別見我老了，我還行。」老粗師傅逞強地說，說完他也覺得心虛。

「您的眼睛都花了。」

「那就叫你二師兄的小徒弟過來，他把自己鞋鋪照顧好，還要養孩子呢！」

「我很快就會回來。」粗小皮說。

「嗯。你想什麼時候出發就什麼時候出發，想什麼時候回來就什麼時候回來。」老粗師傅背著雙手走出鞋鋪，扔下一句：「我找老鐵喝茶去。」

今早，粗小皮處理完所有的事，該補的鞋都補好了，該進的材料也都寫在單子上，擺在工作檯上。

「今天就走了？」老粗師傅吃完饅頭夾酸菜炒辣醬，喝茶的時候問了一句。

「嗯。」粗小皮簡短地回應。

「不參加衙門落成大會？」

「不參加了。」

「盤纏要帶夠。」老粗師傅說：「這個家也是你的家，錢你可以自由使。」

「謝謝師傅。我不需要太多，我沿路補鞋可以賺些路費。」

老粗朝康家包子鋪的方向看了一眼：「康亮，有一天會明白你的。」

「嗯。」粗小皮覺得康亮這輩子都不會再和他說話了。

「我去老鐵那兒坐坐。」老粗師傅站起來背著雙手走出鞋鋪，他最討厭送別了。

粗小皮看著老粗師傅的背影，久久才說了一句：「您要保重身體啊！」

老粗師傅彷彿沒聽見繼續走著，然後拐過彎，消失在懸崖頂街。

粗小皮將做好的牛皮鞋擱在老粗師傅的床頭，這是世界上絕無僅有的拼接牛皮鞋，鞋頭是開口的，有足夠的空間讓老粗師傅的腳趾頭可以探出頭來透氣，希望老粗師傅會喜歡，願意穿它。

他看到睡房角落擺著小時候睡的竹床，他走過去，摸著竹床，紅了眼眶，吸吸鼻子後，趕緊離開老粗師傅的睡房。他得趕緊走，不然胸口揪住他的那東西會讓他走不了。

粗小皮站在草鞋牆前，看著麥甜編織的小草鞋，十雙小草鞋掛在每一雙大草鞋旁邊，看起來特別可愛，好像爹爹帶著小小孩在散步。粗小皮取下一雙大草鞋和一雙小草鞋以及草編小圍裙收進他的背袋裡。

粗小皮背著補鞋架，離開鞋鋪。他站在康家包子鋪門口，包子鋪今天不營業，康大叔、康亮他娘和康亮都去廣場上湊熱鬧了吧！他望著麥家客棧好一會兒，才帶著遲疑的腳步走上石階。他才走了兩級石階就停了下來，痛苦地皺了皺眉頭，走下石階，準備走出懸崖頂街。

「小粗師傅，我等你回來，教我武功。」小浩子從後院追了出來，對粗小皮說。

「你給我聽好，把老粗師傅照顧好，如果讓我知道老粗師傅摔跤了，肚子疼了，我會飛奔回來，把你扔到十三尖山山頂上去。」粗小皮故意裝出嚴厲的聲調說著：「你知道我說到做到。」

「我會把老粗師傅照顧得很好的。」小浩子一臉驚嚇，頻頻點頭。

粗小皮才走了幾步就聽見麥甜的聲音：「你打算這樣偷偷溜走，不說再見嗎？」

「我很快就回來了。」粗小皮刻意調整了頭巾，試圖掩飾自己想不告而別的心思。

「誰知道呢？粗小皮。」麥甜難掩臉上的失落：「你知道嗎？每一個離開牛頭村的年輕人都說過你剛剛說的那句話：『我很快就回來了。』然後呢？他們過了很久很久，都還沒回來！」

粗小皮看著麥甜，不知該說什麼，牛頭村有老粗師傅，他就一定會回來。

「你變得不一樣了，粗小皮，這樣的你是應該去外面看一看，闖一闖。只是我們一起長大，是這麼好的朋友，你總得跟我說一聲，說一聲：『保重啊！』」麥甜紅了眼眶，哽咽地說著。

「麥甜，我就怕你這樣，也怕自己這樣，才想悄悄地走……」粗小皮也紅了眼眶。

麥甜取下腰間的方巾遞給粗小皮：「收下，保重，平安回來。」

粗小皮伸手接過，拿下自己的頭巾，綁上麥甜送的淡藍色方巾。他把手上的頭巾試著拉扯得更平整些，然後摺成小方塊遞給麥甜，傻笑著說：「臭的，我流了汗，你得先洗洗。等我回來，我們再換回來。」

麥甜點點頭。

粗小皮指了指草鞋牆說：「有客人很喜歡你的小草鞋，說他們擺在一起像爹爹帶孩子去散步，滿心歡喜地買走了。你可以多編幾雙，會賣的。」粗小皮原來想告訴麥甜他也帶走了一雙，想家的時候就拿出來看一看，話到嘴邊又嚥了回去。

「你知道我就喜歡編這些東西，也許接下來我可以學學補鞋子。」麥甜說：「保重了，粗小皮。」

「你也保重了，麥甜。」說完，粗小皮轉身便走了。他沒有回頭看，雖然他知道麥甜正目送著他。

經過二師兄艾吉的鞋鋪，艾吉正在工作檯前專心地補鞋子，粗小皮站在門口喊了一聲：「二師兄。」

艾吉抬起頭來，看見粗小皮背著背架站在那兒，趕忙起身迎向前去：「你今天要啓程啦？不等衙門落成大會結束再走？」

「不了，今天是個好日子。」粗小皮說。

艾吉一臉不捨，粗小皮等於是他帶大的孩子，從小為他擠羊奶，幫他洗澡、穿衣，這孩子要遠行了，他多麼捨不得呀！艾吉轉身走向工作檯，拉開一個小抽屜，抓了一大把的銅錢放進小袋子裡，遞給粗小皮。

「二師兄……」粗小皮知道如果拒收二師兄會傷心。

「注意安全。」艾吉說完才覺得這句話可笑，粗小皮可是把那些高手踢飛的眞正高手哪！

粗小皮揮了揮手，轉身離去。原來，離別讓人心痛是這樣的呀！

就在粗小皮走出衙門廣場時，有一個人，從粗小皮出現在衙門廣場，目光就緊緊跟著他。昨天，老粗師傅假裝踱步到包子鋪，這兒看看那兒瞧瞧，他從來不曾這樣，有話說就踏幾個大步扯著嗓門說著，今天怎麼就這麼拖拉呢？

「老粗，你有事就說吧！」康熊也看穿老粗的心思了。老粗東晃西晃之後，假裝隨口說著：「他要走了，這一去不知多久哪！丟我一個老傢伙和一對花花眼補鞋。唉。」

康亮大半個月沒和粗小皮說句話，心裡還氣他。

康亮看著粗小皮的身影消失在千里古道入口，他眨了幾下眼睛，接著拔腿狂奔，急匆匆地穿越人群，擦撞不少醉醺醺的人後，跑上千里古道往東大城的出入口拱門。

粗小皮一個人走在千里古道上，背上背著二師兄送他的旅行背架，裡頭裝著老粗師傅親手打造的裁刀和錐子，以及簡單的修鞋工具、幾張樹皮、幾束編織妥當的藺草草繩。他打算一路補鞋一路賺盤纏。

「你要遠行，怎麼可以忘了帶康亮的包子！」康亮拿著油紙包裹的包子，在粗小皮身後說著。

聽見康亮的聲音，粗小皮轉過身去，看著康亮，嘴角微微上揚。

「我到東大城去找那貫通散，把那東西送給你，再去幫老大夫的家人每人做雙鞋。有人偷了他們的東西，放在我身上，我得去還。」粗小皮說。

「你不必把那東西給我，如果我要，我會自己去練。你可以不必去東大城。」

「除此之外，我也想去看看東大城長什麼樣子。」粗小皮說。

一行白鷺鷥從山谷飛起，在他們眼前盤旋接著調頭飛去。

他們一起看著白鷺鷥遠去。

康亮向前走了幾步，遞上包子，粗小皮接過包子，相當珍惜地將包子摀在胸口。

「內餡是紅豆泥，新產品。路上吃，冷了吃也好吃。」康亮說。

「我會去拜訪曹家鞋鋪材料店，有什麼話要幫你帶給大芳姑娘的嗎？」

康亮低下頭，踢了幾次地上的石子，語帶沮喪地說：「她離開牛頭村那天，給我留了一封信，要我不要再讓背伕送信給她了，牛頭村和雷爾鎮相隔了千里古道，那距離很難跨越，沒有未來的。這是客氣的說法，我知道她不喜歡我。」

粗小皮充滿同情地看著康亮，一時間也不知道該說什麼話來安慰他。

「她看起來喜歡鞋子勝過包子。」康亮苦笑著說。

「你還有麥甜，你爹和麥大叔……」粗小皮想提醒康亮，卻無法完整說出口。那些沒有說出口的話讓他有些心痛。

康亮揮著手說：「大人們不切實際的幻想，就不用理會了。」

一個過路人側身閃過兩人，腳步匆忙地朝雷爾鎮走去。

兩人安靜地在原地杵著。

「我也該走了。」粗小皮指了指背後的古道說。

康亮低頭看著自己的腳尖，許久才抬起頭來說：「經過禮讓彎的時候，記得禮讓。」

康亮說完這句話，立即發現這根本是一句廢話，禮讓彎你不讓，根本就是找死。

粗小皮笑了一下，說：「讓，一定讓。」

兩人傻傻地笑著。

「我走了。」粗小皮轉過身，邁開步伐往前走去。

拐過一個彎，見不著康亮了，粗小皮停下腳步，轉過身去大聲吼著：「康亮，我們還是兄弟嗎？」

一陣風吹來，粗小皮等了一會兒，那句問話大概讓風吹落山谷了吧！他轉過身朝雷爾鎮走。走沒幾步就聽見康亮的聲音迴盪在山谷間：「兄弟，江湖，還有人哪！你就是那江湖。粗小皮，來日，我去江湖找你。」

粗小皮微笑聽著，直到山谷間的回音遠去，才又繼續往前走。

我在江湖嗎？不，我不在江湖，如果我一定要有個江湖，我的江湖就在懸崖頂街的老粗補鞋鋪。

【後記】張友漁談《江湖，還有人嗎？》

Q：請談談你和武俠小說的淵源。

A：我從國中開始閱讀武俠小說，很著迷地讀。

當時，我有一個任務，就是每個星期要騎腳踏車到鎮上去買玉米，給雞吃的。一包大概二、三十公斤重，綁在車子後座載回家。我很喜歡這個任務，因爲我可以繞到租書店去租武俠小說，然後把書綁在玉米飼料上，很開心地騎車回家。一整個星期都有書可以讀。

我只記得東方玉的《東方第一劍》，因爲名字最好記，內容卻忘記了。其他的武俠小說就只記得作者，金庸、東方玉、古龍、臥龍生。那眞是美好的閱讀年代。讀到後來，手就很癢了，我把作業本剩下來的空白頁全撕下，裝訂成一本，寫自己的武俠小說。內容大概就是武功很強的公子哥，自己打了一把劍去行俠仗義。一邊寫一邊立志長大後要寫武俠小說。

長大後，我也沒再重讀武俠小說，覺得國中時候都讀過了。書的內容都忘光了呀，等於沒讀。

再一次和武俠小說扯上關係，是二〇〇九年我寫了《西貢小子》，書裡有個人叫眼鏡仔，開了間二手書店，熱愛寫武俠小說，但是屢遭退稿。鄰居是一間補鞋店，老闆的兒子阿福很早就知道自己將來要繼承這家補鞋店，很認眞地在練習補鞋。眼鏡仔於是就以阿福爲主角，寫了一部名爲《少俠，鞋匠》的武俠小說，終於得到大獎，稱霸武林。

完成《西貢小子》之後，《少俠，鞋匠》這個假書名，喚醒了我年少寫作武俠小說的夢想。想得夠久了，一旦去寫，全身的每一個細胞都會站出來幫助你。

Q：可以聊聊你的江湖嗎？

A：我的江湖啊，有時歡樂，有時嚴肅，有時幽默，有時跳躍，有時無言。

我的江湖啊，大多時候是我一個人的江湖。

一個人老是坐在咖啡館悶著頭寫稿，能有多大的江湖啊？

一個人不算江湖是吧！頂多是一棟房子裡住著一個人。

我的江湖肯定有讀者。作家和讀者都屬於神出鬼沒的那種，雖然知道彼此的存在，但是要見面打一個招呼是難上加難。因爲我不常出現在大大小小的江湖聚會，所以，我和我的讀者如果要在江湖相會，只能靠些運氣，趁著彼此都出門的時候在路上相遇。這相遇可眞叫人高興啊，趕緊拱手致意。

多謝你寫了書，讓我獲益良多。

多謝你買了書，成就在下的江湖。

然後，作家與讀者就各自朝著自己喜歡的江湖角落，歸去。

我的江湖還有一個很重要的場所，沒有出版社江湖就不存在。出版社就像牛頭村的涼茶亭，讓我可以遮個陽，歇歇腿，吃頓飯，喝杯茶，說說書。

在此也向出版社拱手致意，多謝你們出版了我的書，讓我的書可以去闖蕩自己的江湖，廣結良友。

Q：你覺得你自己比較像《江湖，還有人嗎？》這本書裡的哪個人物？

A：我比較像養鴨老劉吧！

是有點兒功夫，但人際關係不佳，交不了朋友，只喜歡一個人喝茶。古人說過，一人喝茶得仙，兩人喝茶得趣。一個人安靜地喝壺好茶，是神仙的境界。

順帶一提，老劉屋裡有個老伴的，只是我沒把她寫出來。

Q：你開始寫這本書的第一天，就把頭髮剃掉，爲什麼要這麼做？

A：爲了找回專注。

有時候就會這樣，莫名地懶散，莫名地一直看電影。爲了找回專注，我得採取激烈的行動才行。

把頭髮剃光，就是我寫作《江湖，還有人嗎？》這部長篇武俠小說的必要儀式。我得在頭髮長長之前把小說寫好，小說沒寫好絕不剪髮。頭髮長了刺到我的眼睛、搔癢我的耳朵和脖子，是非常痛苦的事。所以，這是小說和頭髮的競賽。這個競賽讓我進入一種極度亢奮的狀態，我每次照鏡子，就很強烈地希望小說可以贏。

我每天早上九點出門，到博愛路一間複合式餐廳寫稿五個小時，整整一個月，我就完成了六萬多字，再給我半個月我就可以寫好十萬字，還可以爲自己創下成爲作家以來用兩個月寫完一本長篇小說的紀錄。

人生總是充滿意外。我的母親生病住進了醫院，在醫護建議下，帶母親回家進行安寧照護。我們在觀念保守的家鄉被攻擊到體無完膚。兩個月之後，母親走了。我從寫作的狂喜，摔入崩潰的絕望的悲痛的黑洞裡。

小說悲傷地站在原地，看著頭髮囂張地竄長。這是一場失敗的競賽。

這是我的江湖，是吧！被打落山谷遍體鱗傷的大俠，如果還活著，就一定能重出江湖翻轉局勢，是吧！經過七個月的掙扎，我才恢復過來。這間隔的時間，已經久到我都忘了書中角色的名字。冷掉的灶，只要還有一點火星，再不斷地添加柴火，一定能夠重新燒旺。

Q：《江湖，還有人嗎？》書裡所描述的江湖，是一個溫和的江湖，並沒有眞正的惡人、惡事，沒有爲了爭名奪利而不擇手段的人物。爲何你會如此安排？

A：爲何書裡沒有眞正的惡人？因爲，我不忍心把一個人寫得太壞。

我的認知裡沒有眞正缺少良知的惡人，縱使他的良知用在誰的身上我們不得而之，也無法忽略人和動物的差別。

《我的爸爸是流氓》這本書就能充分地展現我的文學創作信仰。我不會把好人、壞人用簡化的二分法來區分，人性很複雜，有很多遊走空間。一個流氓爸爸最後並沒有變好，因爲那很不容易，於是媽媽帶走兩個孩子離家去過安心又安全的新生活。忠於現實是一種信仰。讓流氓爸爸忽然在結尾因爲一件事大受感動而變好，大圓滿的結局，也是一種信仰。這是作家的選擇，只是首先你得說服自己。

我也不會把現實放大到驅逐了想像的空間，也不會把它縮小到看不見，小說裡呈現的眞實人生的成分，剛剛好就好。就好像眞實與虛構的距離，不能太遠也不能太近。

好啦，我想說的就是，溫和的江湖，也是江湖。

Q：你爲什麼那麼喜歡綁頭巾？你讓牛頭村的男人們都綁上頭巾，用意何在？

A：我爲什麼綁頭巾？是因爲我一直沒找到喜歡的、適合的髮型。

以前留過長髮，睡覺翻身的時候常常會扯到，非常麻煩。曾經參加活動，一群人睡在大通鋪上。半夜起來上廁所，看見那長髮隊友把一頭美麗的長髮睡成一個鳥窩，她的頭就像一顆正準備孵化的蛋躺在鳥巢裡，我在廁所偷笑了好久。我不想讓自己睡成一個鳥巢，讓半夜起床的人笑翻天。

短髮很舒服，但是，總有人以爲我是男生，瞪著我覺得我走錯廁所。人們對於性別的區分簡化成長髮女生、短髮男生，滿糟的。

後來開始綁頭巾，覺得這才是最適合、最舒服的髮型。

在臺灣綁頭巾很一般，沒有人會一直盯著你看，但是在日本就會有人一直看你，還會掩嘴和旁邊的友人竊竊私語談論你。可能是日本男人在工作時會綁頭巾，那是工作服裝的一部分，平常的日子綁著頭巾上大街，自然引人側目。

我在寫《江湖，還有人嗎？》的時候，就很調皮地讓整個牛頭村的人都綁上頭巾，讓頭巾變成一個村的歷史和特色。

如此一來，有一天，這本書大紅大紫，就會有很多人開始綁頭巾上大街……呵呵，那多有趣啊！

把自己也寫進書裡，這是作家可以玩耍的小小的權利，是吧！

誰在江湖？1

江湖，還有人嗎？

作者／張友漁
封面、內頁繪圖／林一先

主編／林孜懃
副總編輯／鄭祥琳
封面設計／唐壽南
內頁設計排版／中原造像
行銷企劃／鍾曼靈
出版一部總編輯暨總監／王明雪

發行人／王榮文
出版發行／遠流出版事業股份有限公司
地址／臺北市中山北路一段 11 號 13 樓
電話／（02）2571-0297
傳真／（02）2571-0197
郵撥／0189456-1
著作權顧問／蕭雄淋律師
□ 2019 年 7 月 1 日 初版一刷
□ 2024 年 5 月 30 日 二版四刷

定價／新臺幣 350 元（缺頁或破損的書，請寄回更換）

ISBN 978-957-32-9714-7

遠流博識網 http://www.ylib.com E-mail: ylib@ylib.com
遠流粉絲團 https://www.facebook.com/ylibfans

國家圖書館出版品預行編目（CIP）資料

江湖，還有人嗎？/ 張友漁著. -- 二版. --
臺北市：遠流，2022.09
面；　公分（「誰在江湖？」系列；1）

ISBN 978-957-32-9714-7（平裝）

863.57　　111012581